CANDIDE

EX-LIBRIS

Paul Klee

voltaire

老实人

CANDIDE

插图珍藏版

［法］
伏尔泰 Voltaire
著

［德］
保罗·克利 Paul Klee
绘

傅雷 译

江苏凤凰文艺出版社
JIANGSU PHOENIX LITERATURE AND
ART PUBLISHING

图书在版编目（CIP）数据

老实人：插图珍藏版 /（法）伏尔泰著；（德）保
罗·克利绘；傅雷译 . -- 南京：江苏凤凰文艺出版社，
2022.5（2024.5 重印）

ISBN 978-7-5594-6241-1

Ⅰ . ①老… Ⅱ . ①伏… ②保… ③傅… Ⅲ . ①中篇小
说 – 法国 – 近代 Ⅳ . ① I565.44

中国版本图书馆 CIP 数据核字 (2021) 第 172293 号

老实人（插图珍藏版）

[法] 伏尔泰 著 　　[德] 保罗·克利 绘 　　傅雷 译

编辑统筹　　尚　飞

责任编辑　　王　青

特约编辑　　陈怡萍

装帧设计　　墨白空间·黄怡祯

出版发行　　江苏凤凰文艺出版社

　　　　　　南京市中央路 165 号，邮编：210009

网　　址　　http://www.jswenyi.com

印　　刷　　河北中科印刷科技发展有限公司

开　　本　　880 毫米 × 1230 毫米 1/32

印　　张　　6.5

字　　数　　90 千字

版　　次　　2022 年 5 月第 1 版

印　　次　　2024 年 5 月第 3 次印刷

书　　号　　ISBN 978-7-5594-6241-1

定　　价　　80.00 元

关于译名

　　《老实人》，过去音译为"戆第特"；这译名已为国内读者所熟知。但伏尔泰①的小说带着浓厚的寓言色彩；"戆第特（Candide）"在原文中是个常用的字（在英文中亦然），正如《天真汉》的原文 Ingénu一样；作者又在这两篇篇首说明主人翁命名的缘由：故不如一律改用意译，使作者原意更为显豁，并且更能传达原文的风趣。

译者

---

① 傅雷先生将 Voltaire 原译为"服尔德"，现改为国内通用译名"伏尔泰"。

目 录

4

第一章

老实人在一座美丽的宫堡中怎样受教育，

怎样被驱逐

　　从前威斯发里地方，森特－登－脱龙克男爵大人府上，有个年轻汉子，天生的性情最是和顺。看他相貌，就可知道他的心地。他颇识是非，头脑又简单不过；大概就因为此，人家才叫他做老实人。府里的老用人暗中疑心，他是男爵的姊妹和邻近一位安分善良的乡绅养的儿子；那小姐始终不肯嫁给那绅士，因为他旧家的世系只能追溯到七十一代，其余的家谱因为年深月久，失传了。

　　男爵是威斯发里第一等有财有势的爵爷，因为他的宫堡有一扇门，几扇窗。大厅上还挂着一幅毡幕。养牲口的院子里所有的狗，随时可以编成狩猎大队；那些马夫是现成的领队；村里的教士是男爵的大司祭。他们都称男爵为大人；他一开口胡说八道，大家就跟着笑。

男爵夫人体重在三百五十斤上下，因此极有声望，接见宾客时那副威严，越发显得她可敬可佩。她有个十七岁的女儿居内贡，面色鲜红，又嫩又胖，教人看了馋涎欲滴。男爵的儿子样样都跟父亲并驾齐驱。教师邦葛罗斯是府里的圣人，老实人年少天真，一本诚心的听着邦葛罗斯的教训。

邦葛罗斯教的是一种包罗玄学、神学、宇宙学的学问。他很巧妙的证明天下事有果必有因，又证明在此最完美的世界上，男爵的宫堡是最美的宫堡，男爵夫人是天底下好到不能再好的男爵夫人。

他说："显而易见，事无大小，皆系定数；万物既皆有归宿，此归宿自必为最美满的归宿。岂不见鼻子是长来戴眼镜的吗？所以我们有眼镜。身上安放两条腿是为穿长裤的，所以我们有长裤。石头是要人开凿，盖造宫堡的，所以男爵大人有一座美轮美奂的宫堡；本省最有地位的男爵不是应当住得最好吗？猪是生来给人吃的，所以我们终年吃猪肉；谁要说一切皆善简直是胡扯，应当说尽善尽美才对。"

老实人一心一意的听着，好不天真的相信着；因为他觉得居内贡小姐美丽无比，虽则从来没胆子敢对她这么说。他认定第一等福气是生为男爵；第二等福气是生为居内贡小姐；第三等福气是天天看到小姐；第四等福气是听到邦葛罗斯大师的高论，他是本省最伟大的，所以是全球最伟大的哲学家。

有一天，居内贡小姐在宫堡附近散步，走在那个叫做猎场的小树林中，忽然瞥见丛树之间，邦葛罗斯正替她母亲的女仆，一个很俊俏很和顺的棕发姑娘，上一课实验物理学。居内贡小姐素来好学，便屏气凝神，把她亲眼所见的，三番四复搬演的实验，观察了一番。她清清楚楚看到了博学大师的根据，看到了结果和原因；然后浑身紧张，胡思乱想的回家，巴不得做个博学的才女；私忖自己大可做青年老实人的根据，老实人也大可做她的根据。

回宫堡的路上，她遇到老实人，不由得脸红了；老实人也脸红了；她跟他招呼，语不成声；老实人和她答话，不知所云。第二天，吃过中饭，离开饭桌，居内贡和老实人在一座屏风后面；居内贡把手帕掉在地下，老实人捡了起来；她无心的拿着他的手，年轻人无心的吻着少女的手，那种热情，那种温柔，那种风度，都有点异乎寻常。两人嘴巴碰上了，眼睛射出火焰，膝盖直打哆嗦，手往四下里乱动。森特－登－脱龙克男爵打屏风边过，一看这个原因这个结果，立刻飞起大腿，踢着老实人的屁股，把他赶出大门。居内贡当场晕倒，醒来挨了男爵夫人一顿巴掌。于是最美丽最愉快的宫堡里，大家为之惊惶失措。

第二章

老实人在保加利亚人中的遭遇

　　老实人，被赶出了地上的乐园，茫无目的，走了好久，一边哭一边望着天，又常常回头望那座住着最美的男爵小姐的最美的宫堡。晚上饿着肚子，睡在田里；又遇着大雪。第二天，老实人冻僵了，挣扎着走向近边一个市镇，那市镇叫做伐特勃谷夫－脱拉蒲克－狄克陶夫。他一个钱没有，饿得要死，累得要死，好不愁闷的站在一家酒店门口。两个穿蓝衣服①的人把他看在眼里，其中一个对另外一个说："喂，

————————

① 当时招募新兵的差役都穿蓝制服。

伙计，这小伙子长得怪不错，身量也合格。"他们过来很客气的邀他吃饭。老实人挺可爱挺谦逊的答道："承蒙相邀，不胜荣幸，无奈我囊空如洗，付不出份头啊。"两个穿蓝之中的一个说："啊，先生，凭你这副品貌才具，哪有破钞之理！你不是身长五尺半吗？"老实人鞠了一躬，道："不错，我正是五尺半高低。"——"啊，先生，坐下吃饭罢；我们不但要替你惠钞，而且决不让你这样一个人物缺少钱用；患难相助，人之天职，可不是吗？"老实人回答："说得有理；邦葛罗斯先生一向这么告诉我的；我看明白了，世界真是安排得再好没有。"两人要他收下几块银洋，他接了钱，想写一张借据，他们执意不要。宾主便坐下吃饭。他们问："你不是十分爱慕？……"老实人答道："是啊，我十分爱慕居内贡小姐。"两人之中的一个忙说："不是这意思；我们问你是否爱慕保加利亚国王？"老实人道："不，我从来没见过他。"——"怎么不？他是天底下最可爱的国王，应当为他干杯。"——"好罢，我遵命就是了。"说着便干了一杯。两人就说："得啦得啦，现在你已经是保加利亚的柱石，股肱，卫士，英雄了；你利禄也到手了，功名也有望了。"随即把老实人上了脚镣，带往营部，叫他向左转，向右转，扳上火门，扳下火门，瞄准，开放，快步跑，又赏他三十军棍。第二天他操练略有进步，只挨了二十棍；第三天只吃了十棍，弟兄们都认为他是天才。

老实人莫名其妙，弄不清他怎么会成为英雄的。一日，正是美好的春天，他想出去遛遛，便信步前行，满以为随心所欲的调动两腿，是人和动物共有的权力。还没走上七八里地，四个身长六尺的英雄追上来，把他捆起，送进地牢。他们按照法律规定，问他喜欢哪一样：还是让全团弟兄鞭上三十六道呢，还是脑袋里同时送进十二颗子弹？他声明意志是自由的，他两样都不想要；只是枉费唇舌，非挑一样不可。他只能利用上帝的恩赐，利用所谓自由，决意挨受三十六道鞭子。他挨了两道。团里共有两千人，两道就是四千鞭子：从颈窝到屁股，他的肌肉与神经统统露在外面了。第三道正要开始，老实人忍受不住，要求额外开恩，干脆砍掉他的脑袋。他们答应了，用布条蒙住他的眼睛，教他跪下。恰好保加利亚国王在旁走过，问了犯人的罪状；国王英明无比，听了老实人的情形，知道他是个青年玄学家，世事一窍不通，便把他赦免了；这宽大的德政，将来准会得到每份报纸每个世纪的颂扬。一位热心的外科医生，用希腊名医狄俄斯戈里传下的伤药，不出三星期就把老实人治好。他已经长了些新皮，能够走路了，保加利亚王和阿伐尔^①王却打起仗来。

----

① 阿伐尔人一称阿巴尔人，为匈奴族的一支，曾于七八世纪时侵入欧洲，后为查理曼大帝逐走；自第十世纪后即不见史乘。伏尔泰仅以之为寓言材料，读者幸勿以史实绳之。

第三章

老实人怎样逃出保加利亚人的掌握，
以后又是怎样的遭遇

　　两支军队的雄壮，敏捷，辉煌和整齐，可以说无与伦比。喇叭，横笛，长箫，军鼓，大炮，合奏齐鸣，连地狱里也从来没有如此和谐的音乐。先是大炮把每一边的军队轰倒六千左右；排枪又替最美好的世界扫除了九千到一万名玷污地面的坏蛋。刺刀又充分说明了几千人的死因。总数大概有三万。老实人像哲学家一样发抖，在这场英勇的屠杀中尽量躲藏。

　　两国的国王各自在营中叫人高唱吾主上帝，感谢神恩；老实人可决意换一个地方去推敲因果关系了。他从已死和未死的人堆上爬过去，进入一个邻近的村子，只见一片灰烬。那是阿伐尔人的村庄，被保加利亚人依照公法焚毁的。这儿是戳满窟窿的老人，眼睁睁的看着他们被杀的妻子，怀中还有婴儿衔着血污的奶头；那儿是满足了英雄们的需要，被开肠破肚的姑娘，正在咽最后一口气；又有些烧得半死不活的，嚷着求人结果他们的性命。地下是断臂折腿，旁边淌着脑浆。

老实人拔步飞奔，逃往另外一个村子：那是保加利亚人的地方；阿伐尔人对付他们的手段也一般无二。老实人脚下踩着的不是瓦砾，便是还在扭动的肢体。他终于走出战场，搭裢内带些干粮，念念不忘的想着居内贡小姐。到荷兰境内，干粮完了；但听说当地人人皆是富翁，并且是基督徒，便深信他们待客的情谊决不亚于男爵府上，就是说和他没有为了美丽的居内贡而被逐的时代一样。

他向好几位道貌岸然的人求布施。他们一致回答，倘若他老干这一行，就得送进感化院，教教他做人之道。

接着他看见一个人在大会上演讲，一口气讲了一个钟点，题目是乐善好施。他讲完了，老实人上前求助。演说家斜视着他，问道："你来干什么？你是不是排斥外道，拥护正果的？"老实人很谦卑的回答："噢！天下事有果必有因；一切皆如连锁，安排得再妥当没有。我必须从居内贡小姐那边被赶出来，必须挨鞭子。我必须讨面包，讨到我能自己挣面包为止。这都是必然之事。"演说家又问："朋友，你可相信教皇是魔道吗？"①老实人回答："我还没听见这么说过；他是魔道也罢，不是魔道也罢，我缺少面包是真的。"那人道："你不配吃面包；滚开去，坏蛋；滚，流氓，滚，别走近我。"演说家的老婆在窗口探了探头，看到一个不信教皇为魔道的人，立刻向他倒下一大……噢，天！妇女的醉心宗教竟会到这个地步！

一个未受洗礼的，再浸礼派②信徒，名叫雅各，看到一个同胞，一个没有羽毛而有灵魂的两足动物，受到这样野蛮无礼的待遇，便带他到家里，让他洗澡，给他面包，啤酒，

---

① 荷兰在宗教革命时代为新教徒的大本营，当然反对教皇。
② 再浸礼派为基督教中的一小派，认为婴儿受洗完全无效，必于成人后再行洗礼。该派起源于十六世纪，正当日耳曼若干地区发生农民革命的时期。

送他两个弗洛冷①，还打算教老实人进他布厂学手艺，布厂的出品是在荷兰织造，而叫做波斯呢的一种印花布。老实人差不多扑在他脚下，叫道："邦葛罗斯老师早告诉我了，这个世界上样样都十全十美；你的慷慨豪爽，比着那位穿黑衣服的先生和他太太的残酷，使我感动多了。"

第二天，他在街上闲逛，遇到一个化子，身上长着脓疱，两眼无光，鼻尖烂了一截，嘴歪在半边，牙齿乌黑，说话逼紧着喉咙，咳得厉害，呛一阵就掉一颗牙。

---

① 弗洛冷为一种货币名称，十三世纪起由翡冷翠政府发行，原为金币。以后各国皆有仿制，并改铸为银币，法、荷、奥诸国均有。

第四章

老实人怎样遇到从前的哲学老师邦葛罗斯博士，
和以后的遭遇

　　老实人一见之下，怜悯胜过了厌恶，把好心的雅各送的两个弗洛冷给了可怕的化子。那鬼一样的家伙定睛瞧着他，落着眼泪，向他的脖子直扑过来。老实人吓得后退不迭。"唉！"那个可怜虫向这个可怜虫说道："你认不得你亲爱的邦葛罗斯了吗？"——"什么！亲爱的老师，是你？你会落到这般悲惨的田地？你碰上了什么倒楣事呀？干吗不住在最美的宫堡里了？居内贡小姐，那女中之宝，天地的杰作，又怎么了呢？"邦葛罗斯说道："我支持不住了。"老实人便带他上雅各家的马房，给他一些面包；等到邦葛罗斯有了力气，老实人又问："那末居内贡呢？"——"她死了。"老实人一听这话就晕了过去。马房里恰好有些坏醋，邦葛罗斯拿来把老实人救醒了。他睁开眼叫道："居内贡死了！啊，最美好的世界到哪里去了？她害什么病死的？莫非因为看到我被她父亲一边踢，一边赶出了美丽的宫堡吗？"邦葛罗斯答道："不是的；保加利亚兵先把她蹂躏得不像样了，又一刀戳进她肚子；男爵上前救护，被乱兵砍了脑袋；男爵夫人被人分尸，割作几块；我可怜的学生和他妹妹的遭遇完全一样；宫堡变了平地，连一所谷仓，一头羊，一只鸭子，一棵树都不留了；可是人家代我们报了仇，阿伐尔人对近边一个保加利亚男爵的府第，也如法炮制。"

听了这番话，老实人又昏迷了一阵；等到醒来，把该说的话说完了，便追问是什么因，什么果，什么根据，把邦葛罗斯弄成这副可怜的形景。邦葛罗斯答道："唉，那是爱情啊；是那安慰人类，保存世界，为一切有情人的灵魂的、甜蜜的爱情啊。"老实人也道："噢！爱情，这个心灵的主宰，灵魂的灵魂，我也领教过了。所得的酬报不过是一个亲吻，还有屁股上挨了一二十下。这样一件美事，怎会在你身上产生这样丑恶的后果呢？"

于是邦葛罗斯说了下面一席话："噢，亲爱的老实人！咱们庄严的男爵夫人有个俊俏的侍女，叫做巴该德，你不是认识的吗？我在她怀中尝到的乐趣，赛过登天一般；乐趣产生的苦难却像堕入地狱一样，使我浑身上下受着毒刑。巴该德也害着这个病，说不定已经死了。巴该德的那件礼物，是一个芳济会神甫送的；他非常博学，把源流考证出来了：他的病是得之于一个老伯爵夫人，老伯爵夫人得之于一个骑兵上尉，骑兵上尉得之于一个侯爵夫人，侯爵夫人得之于一个侍从，侍从得之于一个耶稣会神甫，耶稣会神甫当修士的时候，直接得之于哥伦布的一个同伴。至于我，我不会再传给别人了，我眼看要送命的了。"

老实人嚷道："噢，邦葛罗斯！这段家谱可离奇透了！祸根不都在魔鬼身上吗？"——"不是的，"那位大人物回答，"在十全十美的世界上，这是无可避免的事，必不可少的要素。固然这病不但毒害生殖的本源，往往还阻止生殖，和自然界的大目标是相反的；但要是哥伦布没有在美洲一座岛上染到这个病，我们哪会有巧克力，哪会有作胭脂用的胭脂虫颜料？还得注意一点：至此为止，这病和宗教方面的争论一样，是本洲独有的。土耳其人，印度人，波斯人，中国人，暹罗人，日本人，都还没见识过；可是有个必然之理，不出几百年，他们也会领教的。目前这病在我们中间进步神速，尤其在大军之中，在文雅，安分，操纵各国命运的佣兵所组成的大军之中；倘有三万人和员额相等的敌军作战，每一方面必有两万人身长毒疮。"

老实人道："这真是妙不可言。不过你总得医啊。"邦葛罗斯回答："我怎么能医？朋友，我没有钱呀。不付钱，或是没有别人代付钱，你走遍地球也不能放一次血①，洗一个澡。"

听到最后几句，老实人打定了主意；他去跪在好心的雅各面前，把朋友落难的情形说得那么动人，雅各竟毫不迟疑，招留了邦葛罗斯博士，出钱给他治病。治疗的结果，邦葛罗斯只损失了一只眼睛和一只耳朵。他笔下很来得，又精

---

① 至十九世纪中叶为止，放血为欧洲最普遍的一种治疗方法，其作用略如吾国民间之"放痧"。

通算术。雅各派他当账房。过了两月，雅各为了生意上的事要到里斯本去，把两位哲学家带在船上。邦葛罗斯一路向他解释，世界上一切都好得无以复加。雅各不同意。他说："无论如何，人的本性多少是变坏了，他们生下来不是狼，却变了狼。上帝没有给他们二十四磅的大炮^①，也没有给他们刺刀；他们却造了刺刀大炮互相毁灭。多少起的破产，和法院攫取破产人财产，侵害债权人利益的事，我可以立一本清账。"独眼博士回答道："这些都是应有之事，个人的苦难造成全体的幸福；个人的苦难越多，全体越幸福。"他们正在这么讨论，忽然天昏地黑，狂风四起，就在望得见里斯本港口的地方，他们的船遇到了最可怕的飓风。

---

① 二十四磅炮即发射二十四磅重的炮弹的炮。

第五章

飓风，覆舟，地震；邦葛罗斯博士，
老实人和雅各的遭遇

船身颠簸打滚，人身上所有的液质①和神经都被搅乱了：这些难以想象的痛苦使半数乘客软瘫了，快死了，没有气力再为眼前的危险着急。另外一半乘客大声叫喊，作着祷告。帆破了，桅断了，船身裂了一半。大家忙着抢救，七嘴八舌，各有各的主意，谁也指挥不了谁。雅各帮着做点儿事；他正在舱面上，被一个发疯般的水手狠狠一拳，打倒在

---

① 此液质（humeur）指人身内部的各种液体，如血，淋巴等等。

地；水手用力过猛，也摔出去倒挂着吊在折断的桅杆上。好心的雅各上前援救，帮他爬上来；不料一使劲，雅各竟冲下海去，水手让他淹死，看都不屑一看。老实人瞧着恩人在水面上冒了一冒，不见了。他想跟着雅各跳海；哲学家邦葛罗斯把他拦住了，引经据典的说：为了要淹死雅各，海上才有这个里斯本港口的。他正在高谈因果以求证明的当口，船裂开了，所有的乘客都送了性命，只剩下邦葛罗斯，老实人和淹死善人雅各的野蛮水手，那坏蛋很顺利的泅到了岸上；邦葛罗斯和老实人靠一块木板把他们送上陆地。

他们惊魂略定，就向里斯本进发；身边还剩几个钱，只希望凭着这点儿盘缠，他们从飓风中逃出来的命，不至于再为饥饿送掉。

一边走一边悼念他们的恩人；才进城，他们觉得地震了①。港口里的浪像沸水一般往上直冒，停泊的船给打得稀烂。飞舞回旋的火焰和灰烬，盖满了街道和广场；屋子倒下来，房顶压在地基上，地基跟着坍毁；三万名男女老幼都给压死了。水手打着唿哨，连咒带骂的说道："哼，这儿倒

---

① 影射一七五五年十一月一日的里斯本地震。

可以发笔财呢。"邦葛罗斯说："这现象究竟有何根据呢？"老实人嚷道："啊！世界末日到了！"水手闯进瓦砾场，不顾性命，只管找钱，找到了便揣在怀里；喝了很多酒，醉醺醺的睡了一觉，在倒塌的屋子和将死已死的人中间，遇到第一个肯卖笑的姑娘，他就掏出钱来买。邦葛罗斯扯着他袖子，说道："朋友，使不得，使不得；你违反理性了，干这个事不是时候。"水手答道："天杀的，去你的罢！我是当水手的，生在巴太维亚；到日本去过四次，好比十字架上爬过四次，理性，理性，你的理性找错人了！"

几块碎石头砸伤了老实人；他躺在街上，埋在瓦砾中间，和邦葛罗斯说道："唉，给我一点儿酒和油罢；我要死了。"邦葛罗斯答道："地震不是新鲜事儿；南美洲的利马去年有过同样的震动；同样的因，同样的果；从利马到里斯本，地底下准有一道硫磺的伏流。"——"那很可能，"老实人说，"可是看上帝分上，给我一些油和酒呀。"哲学家回答："怎么说可能？我断定那是千真万确的事。"老实人晕过去了，邦葛罗斯从近边一口井里拿了点水给他。

第二天，他们在破砖碎瓦堆里爬来爬去，弄到一些吃的，略微长了些气力。他们跟旁人一同救护死里逃生的居民。得救的人中有几个请他们吃饭，算是大难之中所能张罗的最好的一餐。不用说，饭桌上空气凄凉得很；同席的都是一把眼泪，一口面包。邦葛罗斯安慰他们，说那是定数："因为那安排得不能再好了；里斯本既然有一座火山，这座火山就不可能在旁的地方。因为物之所在，不能不在，因为一切皆善。"

旁边坐着一位穿黑衣服的矮个子，是异教裁判所的一个小官；他挺有礼貌的开言道："先生明明不信原始罪恶了；倘使一切都十全十美，人就不会堕落，不会受罚了。"[①]

邦葛罗斯回答的时候比他礼貌更周到："敬请阁下原谅，鄙意并非如此。人的堕落和受罚，在好得不能再好的世界上，原是必不可少的事。"那小官儿又道："先生莫非不信自由吗？"邦葛罗斯答道："敬请阁下原谅；自由与定数可以并存不悖；因为我们必须自由，因为坚决的意志……"邦葛罗斯说到一半，那小官儿对手下的卫兵点点头，卫兵便过来替他斟包多酒或是什么奥包多酒。

---

① 最后两句指亚当与夏娃偷食禁果之事。

第六章

怎样的举办功德大会禳解地震，
老实人怎样的被打板子

　　地震把里斯本毁了四分之三，地方上一般有道行的人，觉得要防止全城毁灭，除了替民众办一个大规模的功德会，别无他法。科印勃勒大学①的博士们认为，在庄严的仪式中用文火活活烧死几个人，是阻止地震万试万灵的秘方。

　　因此他们抓下一个波斯加伊人，两个葡萄牙人；波斯

---

① 科印勃勒大学为葡萄牙有名的大学。一七五六年六月二十日，葡萄牙确
　　曾举办此种"功德大会"。

加伊人供认娶了自己的干妈①，葡萄牙人的罪名是吃鸡的时候把同煮的火腿扔掉。刚吃过饭的邦葛罗斯和他的门徒老实人也被捕了，一个是因为说了话，一个是因为听的神气表示赞成。两人被分别带进一间十分凉快，永远不会受到阳光刺激的屋子。八天以后，他们俩穿上特制的披风，头上戴着尖顶纸帽：老实人的披风和尖帽，画的是倒垂的火焰，一些没有尾巴没有爪子的魔鬼；邦葛罗斯身上的魔鬼又有尾巴又有爪子，火焰是向上的。他们装束停当②，跟着大队游行，听了一篇悲壮动人的讲道，紧跟着又是很美妙的几部合唱的音乐。一边唱歌，一边就有人把老实人按着节拍打屁股。波斯加伊人和两个吃鸡没吃火腿的葡萄牙人，被烧死了，邦葛罗斯是吊死的，虽然这种刑罚与习惯不合。当天会后，又轰隆隆的来了一次惊心动魄的地震③。

　　老实人吓得魂不附体，目瞪口呆，头里昏昏沉沉，身上全是血迹，打着哆嗦，对自己说道："最好的世界尚且如

① 教徒受洗时有教父教母各一人，干妈为教徒对教母的称谓。
② 十六七世纪时，异教裁判所执行火刑时，犯人装束确如作者所述。
③ 一七五五年十二月二十一日葡萄牙再度地震。

此，别的世界还了得？我挨打屁股倒还罢了，保加利亚人也把我打过的；可是亲爱的邦葛罗斯！你这个最伟大的哲学家！我连你罪名都不知道，竟眼看你吊死，难道是应该的吗？噢，亲爱的雅各，你这个最好的好人，难道应该淹死在港口里吗？噢，居内贡小姐，你这女中之宝，难道应当被人开肠剖肚吗？"

老实人听过布道，打过屁股，受了赦免，受了祝福，东倒西歪，挣扎着走回去，忽然有个老婆子过来和他说："孩子，鼓起勇气来，跟我走。"

第七章

一个老婆子怎样的照顾老实人，
老实人怎样的重遇爱人

　　老实人谈不到什么勇气，只跟着老婆子走进一所破屋：她给他一罐药膏叫他搽，又给他饮食；屋内有一张还算干净的床，床边摆着一套衣服。她说："你尽管吃喝；但愿阿多夏的圣母，巴杜的圣·安东尼，刚波斯丹的圣·雅各，一齐保佑你。我明儿再来。"老实人对于见到的事，受到的灾难，始终莫名其妙，老婆子的慈悲尤其使他诧异。他想亲她的手。老婆子说道："你该亲吻的不是我的手；我明儿再来。你搽着药膏，吃饱了好好的睡罢。"

老实人虽则遭了许多横祸，还是吃了东西，睡着了。第二天，老婆子送早点来，看了看他的背脊，替他涂上另外一种药膏；过后又端中饭来；傍晚又送夜饭来。第三天，她照常办事。老实人紧盯着问："你是谁啊？谁使你这样大发善心的？教我怎么报答你呢？"好心的女人始终不出一声；晚上她又来了，却没有端晚饭，只说："跟我走，别说话。"她扶着他在野外走了半里多路，到一所孤零零的屋子，四周有花园，有小河。老婆子在一扇小门上敲了几下。门开了；她带着老实人打一座暗梯走进一个金漆小房间，叫他坐在一张金银铺绣的便榻上，关了门，走了。老实人以为是做梦，他把一生看做一个恶梦，把眼前看做一个好梦。

一忽儿老婆子又出现了，好不费事的扶着一个浑身发抖的女子，庄严魁伟，戴着面网，一派的珠光宝气。老婆子对老实人说："你来，把面网揭开。"老实人上前怯生生的举起手来。哪知不揭犹可，一揭就出了奇事！他以为看到了居内贡小姐；他果然看到了居内贡小姐，不是她是谁！老实人没了气力，说不出话，倒在她脚下。居内贡倒在便榻上。老婆子灌了许多酒，他们才醒过来，谈话了：先是断断续续的一言半语，双方同时发问，同时回答，不知叹了多少气，流了多少泪，叫了多少声。老婆子教他们把声音放低一些，丢下他们走了。老实人和居内贡说："怎么，是你！你还活着！怎么会在葡萄牙碰到你？邦葛罗斯说你被人强奸，被人开肠剖肚，都是不确的吗？"美丽的居内贡答道："一点不假。可是一个人受了这两种难，不一定就死的。"——"你爸爸妈妈被杀死，可是真的？"——"真的。"居内贡哭着回答。——"那末你的哥哥呢？"——"他也被杀死了。"——"你怎么在葡萄牙的？怎么知道我也在这里？你用了什么妙计，教人带我到这屋子来的？"那女的说道："我等会儿告诉你。你先讲给我听：从你给了我纯洁的一吻，被踢了一顿起，到现在为止，经过些什么事？"

老实人恭恭敬敬听从了她的吩咐。虽则头脑昏沉，声音又轻又抖，脊梁还有点儿作痛，他仍是很天真的把别后的事统统告诉她。居内贡眼睛望着天；听到雅各和邦葛罗斯的死，不免落了几滴眼泪。接着她和老实人说了后面一席话，老实人一字不漏的听着，目不转睛的瞅着她，仿佛要把她吞下去似的。

第八章

居内贡的经历

　　"我正躺在床上，睡得很熟，不料上天一时高兴，打发保加利亚人到我们森特－登－脱龙克美丽的宫堡中来；他们把我父亲和哥哥抹了脖子，把我母亲割做几块。一个高大的保加利亚人，身长六尺，看我为了父母的惨死昏迷了，就把我强奸；这一下我可醒了，立刻神志清楚，大叫大嚷，拼命挣扎，口咬，手抓，恨不得挖掉那保加利亚高个子的眼睛；我不知道我父亲宫堡中发生的事原是常有的。那蛮子往我左腋下戳了一刀，至今还留着疤。"天真的老实人道："哎哟！我倒很想瞧瞧这疤呢。"居内贡回答："等会儿给你瞧。先让我讲下去。"——"好，讲下去罢。"老实人说。

她继续她的故事："那时一个保加利亚上尉闯进来，看我满身是血，那兵若无其事，照旧干他的。上尉因为蛮子对他如此无礼，不禁勃然大怒，就在我身上把他杀了；又叫人替我包扎伤口，带往营部作为俘虏。我替他煮饭洗衣，其实也没有多少内衣可洗。不瞒你说，他觉得我挺美；我也不能否认他长得挺漂亮，皮肤又白又嫩；除此以外，他没有什么思想，不懂什么哲学；明明没受过邦葛罗斯博士的熏陶。过了三个月，他钱都花完了，对我厌倦了，把我卖给一个犹太人，叫做唐·伊萨加，在荷兰与葡萄牙两地做买卖的，极好女色。他对我很中意，可是占据不了；我抗拒他不像抗拒保加利亚兵那样软弱。一个清白的女子可能被强奸一次，但她的贞操倒反受了锻炼。

"犹太人想收服我，送我到这座乡下别墅来。我一向以为森特－登－脱龙克宫堡是世界上最美的屋子，现在才发觉我错了。

"异教裁判所的大法官有天在弥撒祭中见到我，用手眼镜向我瞄了好几回，叫人传话，说有机密事儿和我谈。我走进他的府第，说明我的出身；他解释给我听，让一个以色列人霸占对我是多么有失身份。接着有人出面向唐·伊萨加提议，要他把我让给法官大人。唐·伊萨加是宫廷中的银行家，很有面子，一口回绝了。大法官拿功德会吓他。犹太人受不了惊吓，讲妥了这样的条件：这所屋子跟我作为他们俩的共有财产，星期一、三、六，归犹太人，余下的日子归大法官。这协议已经成立了六个月。争执还是有的；因为无法决定星期六至星期日之间的那一夜应该归谁。至于我，至今对他们俩一个都不接受，大概就因为此，他们对我始终宠爱不衰。

"后来为了禳解地震，同时为了吓吓唐·伊萨加，大法官办了一个功德大会。我很荣幸的被邀观礼，坐着上席；弥撒祭和行刑之间的休息时期，还有人侍候女太太们喝冷饮。看到两个犹太人和娶了干妈的那个老实的波斯加伊人被烧死，我的确非常恐怖，但一见有个身穿披风，头戴纸帽的人，脸孔很像邦葛罗斯，我的诧异，惊惧，惶惑，更不消说了。我抹了抹眼睛，留神细看；他一吊上去，我就昏迷了。

我才苏醒，又看到你剥得精赤条条的；我那时的恐怖，错愕，痛苦，绝望，真是达于极点。可是老实说，你的皮肤比我那保加利亚上尉的还要白，还要红得好看。我一见之下，那些把我煎熬把我折磨的感觉更加强了。我叫着嚷着，想喊：'喂，住手呀！你们这些蛮子！'只是喊不出声音，而且即使喊出来也未必有用。等你打完了屁股，我心里想：怎么大智大慧的邦葛罗斯和可爱的老实人会在里斯本，一个挨了鞭子，一个被吊死？而且都是把我当作心肝宝贝的大法官发的命令！邦葛罗斯从前和我说，世界上一切都十全十美；现在想来，竟是残酷的骗人话。

"紧张，慌乱，一忽儿气得发疯，一忽儿四肢无力，快死过去了；我头脑乱糟糟的，想的无非是父母兄长的惨死，下流的保加利亚兵的蛮横，他扎我的一刀，我的沦为奴仆，身为厨娘，还有那保加利亚上尉，无耻的唐·伊萨加，卑鄙的大法官，邦葛罗斯博士的吊死，你挨打屁股时大家合唱的圣诗，尤其想着我最后见到你的那天，在屏风后面给你的一吻。我感谢上帝教你受尽了折磨仍旧回到我身边来。我吩咐侍候我的老婆子照顾你，能带到这儿来的时候就带你来。她把事情办得很妥当。现在能跟你相会，听你说话，和你谈心，我真乐死了。你大概饿极了罢；我肚子闹饥荒了；来，咱们先吃饭罢。"

　　两人坐上饭桌；吃过晚饭，又回到上文提过的那张便榻上；他们正在榻上的时候，两个屋主之中的一个，唐·伊萨加大爷到了。那天是星期六，他是来享受权利，诉说他的深情的。

第九章

居内贡，老实人，大法官和犹太人的遭遇

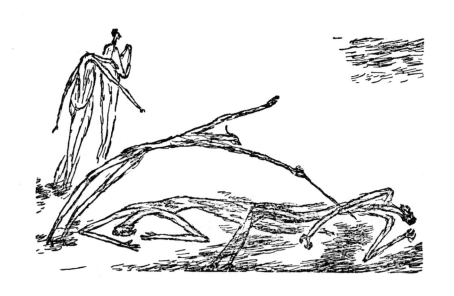

　　自从以色列国民被移置巴比伦到现在，这伊萨加是性情最暴烈的希伯来人了①。他说："什么！你这加利利②的母狗，养了大法官还不够，还要我跟这个杂种平分吗？"说着抽出随身的大刀，直扑老实人，没想到老实人也有武器。咱

---

① 希伯来族自所罗门王薨后，分为犹太与以色列两国，公元前六世纪为巴比伦王尼布甲尼撒二世征服，大批希伯来人被移往巴比伦为奴。西方所谓希伯来人，以色列人，犹太人，皆指同一民族。

② 加利利人为异教徒对基督徒之称谓，因伊萨克为犹太人，居内贡为基督徒。

们这个威斯发里青年，从老婆子那儿得到衣服的时候也得了一把剑。他虽是性情和顺，也不免拔出剑来，教以色列人直挺挺的横在美丽的居内贡脚下。

她嚷起来："圣母玛丽亚！怎么办呢？家里出了人命了！差役一到，咱们就完啦。"老实人说："邦葛罗斯要没有吊死，在这个危急的关头，一定能替咱们出个好主意，因为他是大哲学家。既然他死了，咱们去跟老婆子商量罢。"她非常乖巧，刚开始发表意见，另外一扇小门又开了。那时已经半夜一点，是星期日了。这一天是大法官的名分。他进来，看见打过屁股的老实人握着剑，地下躺着个死人，居内贡面无人色，老婆子正在出主意。

那时老实人转的念头是这样的："这圣徒一开口叫人，我就万无侥幸，一定得活活烧死；他对居内贡也可能如法炮制。他多狠心，叫人打我屁股；何况又是我的情敌；现在我杀了人，被他当场撞见，不能再三心二意了。"这些念头来得又快又清楚；他便趁大法官还在发愣的当口，马上利剑一挥，把他从前胸戳到后背，刺倒在犹太人旁边。"啊，又是一个！"居内贡说，"那还有宽赦的希望吗？我们要被驱逐出教，我们的末日到了。你性子多和顺，怎么不出两分钟会杀了一个犹太人一个主教的[1]？"老实人答道："美丽的小姐，一个人动了爱情，起了妒性，被异教裁判所打了屁股，竟变得连自己也认不得了。"

老婆子道："马房里有三匹安达鲁齐马，鞍辔俱全；叫老实人去套好牲口；太太有的是金洋钻石；快快上马，奔加第士去；我只有半个屁股好骑马，也顾不得了；天气很好，趁夜凉赶路也是件快事。"

老实人立刻把三匹马套好。居内贡，老婆子和他三人一口气直赶了四五十里。他们在路上逃亡的期间，公安大队到了那屋子；他们把法官大人葬在一所华丽的教堂内，把犹太人扔在垃圾堆上。

老实人，居内贡和老婆子，到了莫雷那山中的一个小镇，叫做阿伐赛那。他们在一家酒店里谈了下面一段话。

---

① 异教裁判所的法官均系高级的教士兼的。

第十章

老实人，居内贡和老婆子怎样一贫如洗的
到加第士，怎样的上船

　　居内贡一边哭一边说："啊，谁偷了我的比斯多^①和钻石的？教咱们靠什么过活呢？怎么办呢？哪里再能找到大法官和犹太人，给我金洋和钻石呢？"老婆子道："唉！昨天晚上有个芳济会神甫，在巴大育和我们宿在一个客栈里，我疑心是他干的事；青天在上，我决不敢冤枉好人，不过那神甫到我们房里来过两次，比我们早走了不知多少时候。"老

---

① 比斯多为西班牙的一种金币。

实人道："哎啊！邦葛罗斯常常向我证明，尘世的财富是人
类的公产，人人皆得而取之。根据这原则，那芳济会神甫应
当留下一部分钱，给我们做路费。美丽的居内贡，难道他什
么都不留给我们吗？"她说："一个子儿都没留。"老实人
道："那怎么办呢？"老婆子道："卖掉一匹马罢；我虽然
只有半个屁股，还是可以骑在小姐背后；这样我们就可以到
加第士了。"

小客栈中住着一个本多会修院的院长，花了很低的价
钱买了马。老实人，居内贡和老婆子，经过罗赛那，基拉斯，
莱勃列克撒，到了加第士。加第士正在编一个舰队，招募士
兵，预备教巴拉圭的耶稣会神甫①就范，因为有人告他们煽
动某个部落反抗西班牙与葡萄牙的国王。老实人在保加利亚
吃过粮，便到那支小小的远征军中，当着统领的面表演保加
利亚兵操，身段动作那么高雅，迅速，利落，威武，矫捷，
统领看了，立即分拨一连步兵归他统率。他当了上尉，带着
居内贡小姐，老婆子，两名当差和葡萄牙异教裁判所大法官

---

① 南美之巴拉圭于十七世纪时为西班牙属国，西王腓列伯三世授权耶稣会
　教士统治，直至一七六七年此神权政治方始告终。

54

的两匹安达鲁齐马，上了船。

航行途中，他们一再讨论可怜的邦葛罗斯的哲学。老实人说："现在咱们要到另外一个世界去了；大概那个世界是十全十美的。因为老实说，我们这儿的物质生活和精神生活，的确有点儿可悲可叹。"居内贡道："我真是一心一意的爱你，可是我所看到的，所经历的，使我还惊慌得很呢。"——"以后就好啦，"老实人回答，"这新世界的海洋已经比我们欧洲的好多了；浪更平静，风也更稳定。最好的世界一定是新大陆。"居内贡说："但愿如此！可是在我那世界上，我遭遇太惨了，几乎不敢再存什么希望。"老婆子说："你们都怨命；唉！你们还没受过我那样的灾难呢。"居内贡差点儿笑出来，觉得老婆子自称为比她更苦命，未免可笑；她道："哎！我的老妈妈，除非你被两个保加利亚兵强奸，除非你肚子上挨过两刀，除非你有两座宫堡毁掉，除非人家当着你的面杀死了你两个父亲两个母亲，除非你有两个情人在功德会中挨打，我就不信你受的灾难会超过我的；还得补上一句：我是七十二代贵族之后，身为男爵的女儿，结果竟做了厨娘。"——"小姐，"老婆子回答，"你不知道我的出身；

你要是看到我的屁股，就不会说这种话，也不会下这个断语了。"这两句话大大的引起了居内贡和老实人的好奇心。老婆子便说出下面一番话来。

第十一章

老婆子的身世

"我不是一向眼睛里长满红筋，眼圈这么赤红的；鼻子也不是一向碰到下巴的，我也不是一向当用人的。我是教皇厄尔彭十世和巴莱斯德利那公主生的女儿；十四岁以前住的王府，把你们日耳曼全体男爵的宫堡做它的马房还不配；威斯发里全省的豪华，还抵不上我一件衣衫。我越长越美，越风流，越多才多艺；我享尽快乐，受尽尊敬，前程远大。我很早就能挑动人家的爱情了。乳房慢慢的变得丰满，而且是何等样的乳房！又白，又结实，模样儿活像梅迭西斯的《维纳斯①身上的。还有多美的眼睛！多美的眼皮！多美的黑眉毛！两颗眼珠射出来的火焰，像当地的诗人们说的，直盖过了天上的星光。替我更衣的女用人们，常常把我从前面看到后面，从后面看到前面，看得出神了，所有的男人都恨不得做她们的替工呢。

"我跟玛沙－加拉的王子订了婚。啊！一位多么体面的王子！长得跟我一样美，说不尽的温柔，风雅，而且才华盖世，热情如火。我爱他的情分就像初恋一样，对他五体投地，如醉若狂。婚礼已经开始筹备了。场面的伟大是空前未有的；连日不断的庆祝会，骑兵大操，滑稽歌剧；全意大利争着写十四行诗来歌颂我，我还嫌没有一首像样的。我快要大喜的时候，一个做过王子情妇的老侯爵夫人，请他到家里去喝巧克力茶。不到两小时，他抽搐打滚，形状可怕，竟自死了。这还不算一回事。我母亲绝望之下——其实还不及我伤心——想暂时离开一下那个不祥之地。她在迦伊埃德附近有块极好的庄田。我们坐着一条本国的兵船，布置得金碧辉

---

① 希腊古雕塑中有许多维纳斯像，均系杰作。后人均以掘得该像之所在地，或获得该像之诸侯之名名之。梅迭西斯为文艺复兴期统治翡冷翠的大族。

煌，好比罗马圣·比哀教堂的神龛。谁知海盗半路上来袭击，上了我们的船。我们的兵不愧为教皇的卫队，他们的抵抗是丢下枪械，跪倒在地，只求饶命。

"海盗立即把他们剥得精光，像猴子一般；我的母亲，我们的宫女，连我自己都在内。那些先生剥衣服手法的神速，真可佩服。但我还有更诧异的事呢：他们把手指放在我们身上的某个部分，那是女人平日只让医生安放套管的。这个仪式，我觉得很奇怪。一个人不出门就难免少见多怪。不久我知道，那是要瞧瞧我们有没有隐藏什么钻石。在往来海上的文明人中间，这风俗由来已久，从什么时代开始已经不可考了。我知道玛德会的武士们①俘获土耳其人的时候，不论男女，也从来不漏掉这个手续；这是没有人违反的一条公法。

"一个年轻公主，跟着母亲被带往摩洛哥去当奴隶，那种悲惨也不必细说了。在海盗船上受的罪，你们不难想象。我母亲还非常好看；我们的宫女，连一个普通女仆的姿色，也是全非洲找不出来的。至于我，长得那么迷人，赛过天仙

---

① 玛德会一名耶路撒冷的圣·约翰会，为基督旧教中的一个宗派，纯属军事性质的教会团体；创于十一世纪，以地中海的玛德岛为根据地。

下凡，何况还是个处女。但我的童贞并没保持多久：我替俊美的王子保留的一朵花，给海盗船上的船长硬摘了去。他是一个奇丑无比的黑人，自以为大大抬举了我呢。不必说，巴莱斯德利那公主和我，身体都很壮健，因此受尽折磨，还能挨到摩洛哥。闲言少叙；这些事也太平常了，不值一提。

　　"我们到的时节，摩洛哥正是一片血海。摩莱·伊斯玛伊皇帝的五十个儿子各有党派；那就有了五十场内战；黑人打黑人，黑人打半黑人①，半黑人打半黑人，黑白混血种人打黑白混血种人。整个帝国变了一个日夜开工的屠宰场。

　　"才上岸，与我们的海盗为敌的一帮黑人，立刻过来抢他的战利品。最贵重的东西，除了钻石与黄金，就要算到我们了。我那时看到的厮杀，你们休想在欧洲地面上看到；这是水土关系。北方人没有那种热血，对女人的疯劲也不像在非洲那么普遍。欧洲人血管里仿佛矗着牛奶；阿特拉斯山②一带的居民，血管里有的是硫酸，有的是火。他们的厮杀就像当地的狮虎毒蛇一般猛烈，目的是要抢我们。一个摩尔人

───────────

① 半黑人指皮肤黝黑，近于紫铜色的人。
② 阿特拉斯为北非大山脉，主山在摩洛哥境内。

抓着我母亲的右臂，我船上的大副抓着她的左臂，一个摩尔兵拽着她的一条腿，我们的一个海盗拽着另外一条。全体妇女几乎同时都被四个兵扯着。船长把我藏在他身后，手里握着大弯刀；敢冒犯他虎威的，他都来一个杀一个。临了，所有的意大利妇女，连我母亲在内，全被那些你争我夺的魔王撕裂了，扯做几块。海盗，俘虏，兵，水手，黑人，半黑人，白人，黑白混血种人，还有我那船长，全都死了；我压在死人底下，只剩一口气。同样的场面出现在一千多里的土地上，可是穆罕默德规定的一天五次祈祷，从来没耽误。

"我费了好大气力，从多少鲜血淋漓的尸首下面爬出来，一步一步，挨到附近一条小溪旁边，一株大橘树底下：又惊又骇，又累又饿，不由得倒下去了。我疲倦至极，一忽儿就睡着；那与其说是休息，不如说是晕厥。正当我困惫昏迷，半死半活的时候，忽然觉得有件东西压在我身上乱动。睁开眼来，只见一个气色很好的白种人，叹着气，含含糊糊说出几个意大利字：多倒楣啊，一个人没有了……"

第十二章

老婆子遭难的下文

　　"我听到本国的语言惊喜交集，那句话也同样使我诧异。我回答他说，比他抱怨的更倒楣的事儿，多得很呢。我三言两语，说出我才经历的悲惨事儿，但我精神又不济了。他抱我到邻近一所屋子里，放在床上，给我吃东西，殷勤服侍，好言相慰，恭维我说，他从来没见过我这样的美人儿，他对自己那个无可补救的损失，也从来没有这样懊恼过。他道：'我生在拿波里；地方上每年要阉割两三千儿童：有的割死了，有的嗓子变得比女人的还好听，又有的大起来治理国家大事^①。我的手术非常成功，在巴莱斯德利那公主府上当教堂乐师。'我叫起来：'那是我的母亲啊！'——'你的母亲！'他哭着嚷道，'怎么！你就是我带领到六岁的小公主吗？你现在的才貌，那时已经看得出了。'——'是我呀；我母亲就在离开这儿四百步的地方，被人剁了几块，压在一大堆死尸底下……'

"我告诉了他前前后后的遭遇；他也把他的经历告诉了我。某基督教强国派他来见摩洛哥王，商量一项条约，规定由某强国供给火药，大炮，船只，帮助摩洛哥王破坏别个基督教国家的商业。那太监说：'我的使命已经完成，正要到葛太去搭船，可以带你回意大利。可是多倒楣啊，一个人没有……'

"我感动得流下泪来，向他千恩万谢。但他并不带我回意大利，而是带往阿尔泽，把我卖给当地的总督。我刚换了主人，蔓延欧、亚、非三洲的那场大瘟疫，就在阿尔泽发作了，来势可真不小。你们见过地震，可是，小姐，你可曾见

① 影射西班牙的加洛·勃罗斯几（一七〇五～一七八二），他被封为贵族，执掌朝政，煊赫一时。

过鼠疫？"——"没有。"男爵小姐回答。

老婆子又道："要是见过，你们就会承认比地震可怕得多。鼠疫在非洲是常事；我也传染了。你们想想罢：一个教皇的女儿，只有十五岁，短短三个月时间就变做赤贫，变做奴隶，几乎天天被强奸，眼看母亲的肢体四分五裂，自己又尝遍饥饿和战争的味道，在阿尔泽得了九死一生的鼠疫。可是我竟没有死。不过我那个太监和总督，以及总督的姬妾，都送了命。

"可怕的鼠疫第一阵袭击过了以后，总督的奴隶被一齐出卖。有个商人把我买下来，带往突尼斯，转卖给另一个商人；他带我上的黎波里，又卖了；从的黎波里卖到亚历山大，从亚历山大卖到斯麦那，从斯麦那卖到君士坦丁堡。最后我落入苏丹御林军中的一个军官手里，不久他奉派出去，帮阿左夫抵抗围困他们的俄罗斯人①。

"那军官是个多情种子，把全部姬妾都带着走，安置在阿左夫海口上一个小炮台里，拨两个黑人太监和二十名士兵

---

① 影射一六九五至一六九六年的战事。伏尔泰当时正为其所著的《俄国史》搜集材料。

保护。我们这边杀了无数俄罗斯人,俄罗斯人也照样回敬我们。阿左夫变了一片火海血海,男女老幼无一幸免,只剩下我们的小炮台;敌人打算教我们活活饿死;可是二十名卫队早就赌神发咒,决不投降。他们饿极了,没有办法,只得拿两名太监充饥,生怕违背他们发的愿。几天以后,他们决意吃妇女了。

"我们有个很虔诚很慈悲的回教祭司,对卫兵恳切动人的讲了一次道,劝他们别把我们完全杀死。他说:'你们只消把这些太太们割下半个屁股,就可大快朵颐;倘若再有需要,过几天还有这么丰盛的一餐等着你们。你们这种大慈大悲的行为,足以上感苍天,得到救助的。'

"他滔滔雄辩,把卫兵说服了。我们便受了这个残酷的手术。祭司拿阉割的儿童用的药膏,替我们敷上。我们差不多全要死下来了。

"卫兵们刚吃完我们供应的筵席,俄罗斯人已经坐了平底船冲进来,把卫兵杀得一个不留。俄罗斯人对我们的情形不加理会。幸而世界上到处都有法国军医;其中有个本领挺高强的来救护我们,把我们治好了。我一辈子也不会忘记,我的伤疤完全结好的那天，他就向我吐露爱情。同时还劝我们大家别伤心；说好几次围城的战争都发生同样的事，那是战争的定律。

"等到我的同伴们都能走路了，就被带往莫斯科。分派之下，我落在一个贵族手里；他叫我种园地，每天赏我二十鞭子。两年之后，宫廷中互相倾轧的结果，我那位爵爷和三十来个别的贵族，都被凌迟处死。我乘机逃走，穿过整个俄罗斯，做了多年酒店侍女，先是在里加，后来在罗斯托克，维斯玛，来比锡，卡塞尔，攸德累克德，来顿，海牙，罗忒达姆。贫穷和耻辱，磨得我人也老了；我只剩着半个屁股，永远忘不了是教皇之女；几百次想自杀，却始终丢不下人生。这个可笑的弱点，大概就是我们的致命伤：时时刻刻要扔掉的枷锁，偏偏要继续背下去；一面痛恨自己的生命，一面又死抓不放，把咬你的毒蛇搂在怀里抚摩，直到它吃掉你的心肝为止：这不是愚不可及是什么？

"在我命里要飘流过的地方上，在我当过侍女的酒店里，诅咒自己生命的人，我不知见过多多少少；但自愿结束苦命的，只见到十二个：三个黑人，四个英国人，四个日内瓦人，还有一个叫做罗贝克的德国教授。最后我在犹太人唐·伊萨加家当老妈子；他派我服侍你，美丽的小姐；我关切着你的命运，对你的遭遇比对我自己的还要操心。我永远不会提到自己的苦难，要不是你们把我激了一下，要不是船上无聊，照例得讲些故事消遣消遣。总而言之，小姐，我有过经验，见过世面；你不妨请每个乘客讲一讲他们的历史，借此解闷；只要有一个人不自怨其生，不常常自命为世界上最苦的人，你尽管把我倒提着摔下海去。"

第十三章

老实人怎样的不得不和居内贡与老婆子分离

　　美丽的居内贡听了老婆子的故事，便按照她的身份与品德，向她施礼。居内贡也听了老婆子的主意，邀请全体乘客挨着次序讲自己的身世。老实人和居内贡听着，承认老婆子有理。老实人说："可惜葡萄牙的功德大会不照规矩，把大智大慧的邦葛罗斯吊死了；要不然他对于海陆两界的物质与精神的痛苦，准能发挥一套妙论，而我也觉得颇有胆气，敢恭恭敬敬的向他提出几点异议。"

　　每个乘客讲着他的故事，不觉航行迅速，已经到了布韦诺斯·爱累斯①。居内贡，老实人上尉和老婆子，一同去见唐·斐南多总督，他有伊巴拉②，腓加罗阿，玛斯卡林，朗波尔陶和索萨五处封邑。那位大人拥有这么多头衔，自然有一副高傲的气概，配合他的身份。他和人说话，用的是鄙夷不屑的态度，鼻子举得那么高，嗓子喊得那么响，口吻那么威严，神情那么傲慢，使晋见的人都恨不得揍他一顿。他好色若命，觉得居内贡是他生平第一次见到的美人儿，一开口便问她是不是上尉的老婆。老实人看了问话的神气吓了一跳：他既不敢说是老婆，因为她其实不是；又不敢说是姊妹，因为她其实也不是；虽则这一类的谎话在古人中很通行③，对今人也有很多方便，但老实人太纯洁了，不敢有半点儿隐瞒，便道："承蒙居内贡小姐不弃，已经答应下嫁小人，我们还要请大人屈尊，主持婚礼呢。"

唐·斐南多·特·伊巴拉翘起胡子，狞笑了一下，吩

① 即今南美阿根廷的京城。
② 伊巴拉等五个名字，乃一七五八年九月谋刺葡萄牙王凶犯之名，作者借做总督封邑之名。
③ 此系隐指亚伯拉罕在基拉尔地方伪称妻子为妹的故事，详见《旧约·创世记》第二十章。

咐老实人去检阅部队。老实人只得遵命；总督留下居内贡小姐，向她表示热情，宣布第二天就和她成婚，不管在教堂里行礼还是用别的仪式，他太喜欢她的姿色了。居内贡要求宽限一刻钟，让她定定神，跟老婆子商量一下，而她自己也得打个主意。

老婆子对居内贡说："小姐，你没有一个小钱，空有七十二代的家谱；总督是南美洲最有权势的爵爷，长着一绺漂亮胡子；要做总督夫人只在你自己手里。莫非你还心高气傲，打算苦熬苦守，从一而终吗？你已经被保加利亚人强奸；一失身于犹太人，再失身于大法官。吃苦吃多了，也该尝尝甜头。换了我，决不三心二意，一定嫁给总督大人，一方面提拔老实人，帮他升官发财。"老婆子正凭着年龄与经验，说着这番考虑周详的话，港口里却驶进一条小船，载着一个法官和几名差役。事情是这样的：

老婆子原没猜错，当初居内贡和老实人匆匆忙忙逃走，在巴大育镇上失落的珠宝，的确是一个宽袍大袖的芳济会神甫偷的。他想把一部分宝石卖给一个珠宝商，珠宝商识破是大法官的东西。神甫被吊死以前，供认珠宝是偷来的，说出失主的面貌行踪。官方发觉了居内贡和老实人逃亡的路由，一直追踪到加第士，到了加第士，立即派一条船跟着来。那船已经进入布韦诺斯·爱累斯港，外面纷纷传说，有个法官就要上岸，缉捕谋杀大主教的凶手。机灵的老婆子当下心生一计，对居内贡说道："你不能逃，也不用怕，杀大主教的不是你；何况总督喜欢你，决不让人家得罪你的，你尽管留在这儿。"她又赶去找老实人，说道："快快逃罢；要不然一小时之内，你就得送上火刑台。"事情果然紧急，一刻都耽误不得；可是怎么舍得下居内贡呢？又投奔哪儿去呢？

第十四章

老实人与加刚菩，在巴拉圭的耶稣会士中受到怎样的招待 [1]

---

[1] 伏尔泰曾为其所著《风俗论》（一七五八年）搜集有关巴拉圭耶稣会士的材料；一七五四至一七五八年，作者又将此项题材写成重要文字多篇。本章所述，伏尔泰大抵皆有考据。

　　老实人曾经在加第士雇了一个当差。在西班牙沿海和殖民地上，那种人是很多的。他名叫加刚菩，四分之一是西班牙血统，父亲是图库曼①地方的一个混血种。他当过助祭童子，圣器执事，水手，修士，乐器工匠，大兵，跟班。加刚菩非常喜欢他的东家，因为东家待人宽厚。当下他抢着把两匹安达鲁齐马披挂停当，说道："喂，大爷，咱们还是听老

────────────

① 图库曼为今阿根廷的一个省份。

婆子的话，三十六着走为上。"老实人掉着泪说："噢！我亲爱的居内贡！总督大人正要替我们主婚了，我倒反而把你扔下来吗？路远迢迢的来到这里，你如今怎么办呢？"加刚菩道："由她去罢，女人家自有本领；她有上帝保佑；咱们快走罢。"——"你把我带往哪儿呢？咱们上哪里去呢？没有了居内贡，咱们如何是好呢？"——"哎，"加刚菩回答，"你原本是要去攻打耶稣会士的，现在不妨倒过来，去替他们出力。我认得路，可以送你到他们国内；他们手下能有个会保加利亚兵操的上尉，要不高兴才怪！你将来一定飞黄腾达。这边不得意，就上那边去。何况广广眼界，干点儿新鲜事也怪有趣的。"

老实人问："难道你在巴拉圭耽过吗？"加刚菩道："怎么没耽过？我在阿松西翁学院做过校役，我对于耶稣会政府，跟加第士的街道一样熟。那政府真是了不起。国土纵横千余里，划作三十行省。神甫们无所不有，老百姓一无所有；那才是理智与正义的杰作。以我个人来说，我从来没见过像那些神甫一样圣明的人，他们在这里跟西班牙王葡萄牙王作战，在欧洲听西班牙王葡萄牙王的忏悔；在这里他们见到西班牙人就杀，在玛德里把西班牙人送上天堂；我觉得有意思极了；咱们快快赶路罢。包你此去成为世界上第一个有福的人。神甫们知道有个会保加利亚兵操的上尉投奔，不知要怎样快活哩！"

到了第一道关塞，加刚菩告诉哨兵，说有个上尉求见司令。哨兵把话传到守卫本部，守卫本部的一个军官亲自去报告司令。老实人和加刚菩的武器先被缴掉，两匹安达鲁齐马也被扣下。两个陌生人从两行卫兵中间走过去，行列尽头便是司令：他头戴三角帽，撩起着长袍，腰里挂着剑，手里拿着短枪。他做了一个记号，二十四个兵立刻把两个生客团团围住。一个班长过来传话，要他们等着，司令不能接见，因为省长神甫不在的时节，不许任何西班牙人开口，也不许他们在本地逗留三小时以上。加刚菩问："那末省长神甫在哪儿呢？"班长答道："他做了弥撒，阅兵去了；要过三个钟点，你们才能亲吻他的靴尖。"——"可是，"加刚菩说，"敝上尉是德国人，不是西班牙人。他和我一样饥肠辘辘；省长神甫没到以前，能不能让我们吃顿早饭？"

班长立即把这番话报告司令。司令说："感谢上帝！既然是德国人，我就可以跟他说话了。带他到我帐下来。"老实人便进入一间树荫底下的办公厅，四周是绿的云石和黄金砌成的列柱，十分华丽；笼内养着鹦鹉，蜂雀，小纹鸟和各种珍异的飞禽。黄金的食器盛着精美的早点；巴拉圭土人正捧着木盅在大太阳底下吃玉蜀黍，司令官却进了办公厅。

司令少年英俊，脸颊丰满，白皮肤，好血色，眉毛吊得老高，眼睛极精神，耳朵绯红，嘴唇红里带紫，眉宇之间有股威武的气概，但不是西班牙人的，也不是耶稣会士的那种威武。老实人和加刚菩的兵器马匹都发还了；加刚菩把牲口拴在办公厅附近，给它们吃燕麦，时时刻刻瞟上一眼，以防万一。

老实人先亲吻了司令的衣角，然后一同入席。耶稣会士用德文说道："你原来是德国人？"老实人回答："是的，神甫。"两人这么说着，都不由自主的觉得很惊奇，很激动。耶稣会士又问："你是德国哪个地方的？"——"敝乡是该死的威斯发里省。我的出生地是森特－登－脱龙克宫堡。"——"噢，天！怎么可能呢？"那司令嚷着。老实人也叫道："啊！这不是奇迹吗？"司令问："难道竟是你吗?"老实人道:"这真是哪里说起!"两人往后仰了一跤,随即互相拥抱,眼泪像小溪一般直流。"怎么,神甫,你就是美人居内贡的哥哥吗?就是被保加利亚人杀死的,就是男爵大人的儿子吗?怎么又在巴拉圭做了耶稣会神甫?这世界真是太离奇了。噢,邦葛罗斯!邦葛罗斯!你要不是吊死的话,又该怎么高兴啊!"

几个黑奴和巴拉圭人端着水晶盂在旁斟酒,司令教他们回避了。他对上帝和圣·伊涅斯^①千恩万谢,把老实人搂在怀里;两人哭作一团。老实人道:"再告诉你一件事,你还要诧异,还要感动,还要莫名其妙哩。你以为令妹居内贡被人戳破肚子,送了性命;其实她还在人世,健康得很呢。"——"在哪里?"——"就在近边,在布韦诺斯·爱累斯的总督府上;我是特意来帮你们打仗的。"他们那次长谈,每句话都是奇闻。两人的心都跳上了舌尖,滚到了耳边,在眼内发光。因为是德国人,他们的饭老吃不完;一边吃一边等省长神甫回来。司令官又对老实人讲了下面一番话。

① 圣·伊涅斯(一四九一~一五五六),一名圣·伊涅斯·特·雷育拉,为耶稣会的创办人。

第十五章

老实人怎样杀死他亲爱的居内贡的哥哥

"我一世也忘不了那悲惨的日子，看着父母被杀，妹妹被强奸。等到保加利亚人走了，大家找来找去，找不到我心爱的妹子。七八里以外，有一个耶稣会的小教堂：父亲，母亲，我，两个女用人和三个被杀的男孩子，都给装上一辆小车，送往那儿埋葬。一位神甫替我们洒圣水，圣水咸得要命，有几滴洒进了我的眼睛；神甫瞧见我眼皮眨了一下，便摸摸我的心，觉得还在跳，就把我救了去。三个星期以后，我痊愈了。亲爱的老实人，你知道我本来长得挺好看，那时出落得越发风流倜傥；所以那修院的院长，克罗斯德神甫，对我友谊深厚，给我穿上候补修士的法衣；过了一晌又送我上罗马。总会会长正在招一批年轻的德国耶稣会士。巴拉圭的执政不欢迎西班牙的耶稣会士，喜欢用外国籍教士，觉得容易管理。总会会长认为我宜于到那方面去传布福音。所以我们出发了，一共是三个人，一个波兰人，一个提罗尔人，一个就是我。一到这儿，我就荣任少尉和助理祭司之职；现在已经升了中校，做了神甫。我们对待西班牙王上的军队毫不客气；我向你担保，他们早晚要被驱逐出教，被我们打败的。你这是上帝派来帮助我们的。告诉我，我的妹子可是真的在近边，在布韦诺斯·爱累斯总督那儿？"老实人赌神发咒，回答说那是千真万确的事。于是两人又流了许多眼泪。

男爵再三再四的拥抱老实人，把他叫做兄弟，叫做恩人。他说："啊，亲爱的老实人，说不定咱们俩将来打了胜仗，可以一同进城去救出我的妹子来。"老实人回答："这正是我的心愿；我早打算娶她的，至今还抱着这个希望。"——"怎么！混蛋！"男爵抢着说，"我妹妹是七十二代贵族之后，你好大胆子，竟想娶她？亏你有这个脸，敢在我面前说出这样狂妄的主意！"老实人听了这话呆了一呆，答道："神甫，家谱有什么用？我把你妹妹从一个犹太人和一个大法官怀中救出来，她很感激我，愿意嫁给我。老师邦葛罗斯常说的，世界上人人平等；我将来非娶她不可。"——"咱们走着瞧罢，流氓！"那森特－登－脱龙克男爵兼耶稣会教士一边说，一边拿剑背往老实人脸上狠狠的抽了一下。老实人马上拔出剑来，整个儿插进男爵神甫的肚子；等到把剑热腾腾的抽出来，老实人却哭着嚷道："哎哟！我的上帝！我杀了我的旧主人，我的朋友，我的舅子了；我是天底下最好的好人，却已经犯了三条人命，内中两个还是教士！"

在办公厅门口望风的加刚菩立刻赶进来。主人对他道："现在只有跟他们拼命了，多拼一个好一个。他们一定要进来的，咱们杀到底罢。"加刚菩事情见得多，镇静非凡；他剥下男爵的法衣穿在老实人身上，把死人头上的三角帽也给他戴了，扶他上马。这些事，一霎眼之间就安排停当了。"大爷，快走罢；他们会当你是神甫出去发布命令；即使追上来，咱们也早过了边境。"说话之间，加刚菩已经长驱而出，嘴里用西班牙文叫着："闪开！闪开！中校神甫来啦！"

第十六章

两个旅客遇到两个姑娘，两只猴子，
和叫做大耳朵的野蛮人

　　老实人和他的当差出了关塞，那边营里还没人知道德国神甫的死。细心的加刚菩办事周到，把行囊装满了面包，巧克力，火腿，水果，还有几升酒。他们骑着两匹安达鲁齐马，进入连路都没有的陌生地方。后来发现一片青葱的草原，中间夹着几条小溪。两位旅客先让牲口在草地上大嚼一顿。加刚菩向主人提议吃东西，他自己以身作则，先吃起来了。

　　老实人说道："我杀了男爵大人的儿子，又一世见不到美人儿居内贡，教我怎么吃得下火腿呢？和她离得这么远，又是悔恨，又是绝望，这样悲惨的日子，过下去还有什么意思？
德雷甫的《见闻录》^①又要怎样的说我呢？"

　　他这么说着照旧吃个不停。太阳下山了。两位迷路的人
听见几声轻微的呼叫，好像是女人声音。他们辨不出是痛苦
的叫喊，还是快乐的叫喊。一个人在陌生地方不免提心吊胆；
他们俩便急忙站起。叫喊的原来是两个赤身露体的姑娘，在
草原上奔跑，身子非常轻灵；两只猴子紧跟在后面，咬她们
的屁股。老实人看了大为不忍。他在保加利亚军中学会了放
枪，能够在树林中打下一颗榛子，决不碰到两旁的叶子。他
便拿起他的西班牙双膛枪，一连两响，把两只猴子打死了，
说道："亲爱的加刚菩，我真要感谢上帝，居然把两个可怜
的姑娘救了命。杀掉一个大法官和一个耶稣会士，固然罪孽
不轻；这一来也可以将功赎罪了。或许她们是大人家的女儿，
可能使我们在本地得到不少方便呢。"

　　他还想往下说，不料两个姑娘不胜怜爱的抱着两只猴
子，放声大恸，四下里只听见一片凄惨的哭声。老实人顿时

---

① 十八世纪时，耶稣会于法国索纳州德雷甫城办一刊物，名《见闻录》，
　抨击当时反宗教的哲学思想。

张口结舌，愣住了。终于他对加刚菩道："想不到有这样好心肠的人。"加刚菩答道："大爷，你做的好事；你把这两位小姐的情人打死了。"——"她们的情人！怎么可能？加刚菩，你这是说笑话罢？教我怎么能相信呢？"加刚菩回答说："大爷，你老是这个脾气，对什么事都大惊小怪。有些地方，猴子会博得女人欢心，有什么稀奇！它们也是四分之一的人，正如我是四分之一的西班牙人。"老实人接着道："不错，老师邦葛罗斯讲过，这一类的事从前就有，杂交的结果，生下那些半羊半人的怪物；古时几位名人还亲眼见过，但我一向以为是无稽之谈。"加刚菩道："现在你该相信了罢！你瞧，没有教育的人会做出什么事来。我只怕这两个女的捣乱，暗算我们。"

这番中肯的议论使老实人离开草原，躲到一个树林里去。他和加刚菩吃了晚饭；两人把葡萄牙异教裁判所的大法官，布韦诺斯·爱累斯的总督，森特-登-脱龙克男爵，咒骂了一顿，躺在藓苔上睡着了。一早醒来，他们觉得动弹不得了；原来当地的居民大耳人①，听了两个女子的密告，夜

---

① 此系印第安族的一支，戴大木耳环，故被称为大耳人。

里跑来用树皮把他们捆绑了。周围有五十来个大耳人，拿着箭、棍、石斧之类；有的烧着一大锅水；有的在端整烤炙用的铁串；他们一齐喊着："捉到了一个耶稣会士！捉到了一个耶稣会士！我们好报仇了，我们有好东西吃了；大家来吃耶稣会士呀，大家来吃耶稣会士呀！"

加刚菩愁眉苦脸，嚷道："亲爱的大爷，我不是早告诉你吗？那两个女的要算计我们的。"老实人瞧见锅子和铁串，叫道："我们不是被烧烤，就得被白煮。啊！要是邦葛罗斯看到人的本性如此这般，不知又有什么话说！一切皆善！好，就算一切皆善，可是我不能不认为，失去了居内贡小姐，又被大耳人活烤，总是太残忍了。"加刚菩老是不慌不忙，对发愁的老实人道："我懂得一些他们的土话，让我来跟他们说罢。"老实人道："千万告诉他们，吃人是多么不人道，而且不大合乎基督的道理。"

加刚菩开言道："诸位，你们今天打算吃一个耶稣会士，是不是？好极了，对付敌人理当如此。天赋的权利就是教我们杀害同胞，全世界的人都是这么办的。我们没有运用吃人的权利，只因为我们有旁的好菜可吃；但你们不像我们有办法。把胜利的果实扔给乌鸦享受，当然不如自己把敌人吃下肚去。可是诸位，你们决不吃你们的朋友的。你们以为要烧烤的是一个耶稣会士，其实他是保护你们的人，你们要吃的是你们敌人的敌人。至于我，我是生在你们这里的；这位先生是我的东家，非但不是耶稣会士，还杀了一个耶稣会士，他穿的便是从死人身上剥下来的衣服，所以引起了你们的误会。为了证明我的话，你们不妨拿他穿的袍子送往神甫们的边境，打听一下我的主人是不是杀了一个耶稣会军官。那要不了多少时间；倘若我是扯谎，你们照旧可以吃我们。但要是我并无虚言，那末你们对于公法、风俗、法律的原则，认识太清楚了，我想你们决不会不饶赦我们的。"

大耳人觉得这话入情入理，派了两位有声望的人士作代表，立即出发去调查真假；两位代表多才多智，不辱使命，很快就回来报告好消息。大耳人解了两个俘虏的缚，对他们礼貌周到，供给他们冷饮、妇女，把他们送出国境，欢呼道："他们不是耶稣会士！他们不是耶稣会士！"

老实人对于被释放的事赞不绝口。他道："喝！了不起的民族！了不起的人！了不起的风俗！我幸而把居内贡小姐的哥哥一剑刺死，要不然决无侥幸，一定给吃掉的了。可是，话得说回来，人的本性毕竟是善的，这些人非但不吃我，一知道我不是耶稣会士，还把我奉承得无微不至。"

第十七章

老实人和他的随从怎样到了黄金国，见到些什么①

---

① 相传南美洲有一遍地黄金的国土，叫做黄金国（*El Dorado*），位于亚马逊河及俄利诺科河之间，居屋皆以白银为顶，国王遍体皆饰黄金。自马可·波罗以来即有此传说，哥伦布及以后之西班牙、葡萄牙殖民冒险家，均曾寻访。十八世纪后期，一般人对此神奇的国土犹抱幻想。伏尔泰本章所述，均采自各旅行家之游记，其中事实与幻想，杂然并列。

到了大耳人的边境，加刚菩和老实人说："东半球并不胜过西半球，听我的话，咱们还是抄一条最近的路回欧洲去罢。"——"怎么回去呢？"老实人道，"又回哪儿去呢？回到我本乡罢，保加利亚人和阿伐尔人正在那里见一个杀一个；回葡萄牙罢，要给人活活烧死；留在这儿罢，随时都有被烧烤的危险。可是居内贡小姐住在地球的这一边，我怎有心肠离开呢？"

加刚菩道："还是往开颜①那方面走。那儿可以遇到法国人，世界上到处都有他们的踪迹；他们会帮助我们，说不定上帝也会哀怜我们。"

到开颜去可不容易：他们知道大概的方向；可是山岭，河流，悬崖绝壁，强盗，野蛮人，遍地都是凶险的关口。他们的马走得筋疲力尽，死了；干粮吃完了；整整一个月全靠野果充饥；后来到了一条小河旁边，两旁长满椰子树，这才把他们的性命和希望支持了一下。

加刚菩出计划策的本领，一向不亚于老婆子；他对老实人道："咱们撑不下去了，两条腿也走得够了；我瞧见河边有一条小船，不如把它装满椰子，坐在里面顺流而去；既有河道，早晚必有人烟。便是遇不到愉快的事，至少也能看到些新鲜事儿。"老实人道："好，但愿上帝保佑我们。"

他们在河中飘流了十余里，两岸忽而野花遍地，忽而荒瘠不毛，忽而平坦开朗，忽而危崖高耸。河道越来越阔，终于流入一个险峻可怖，岩石参天的环洞底下。两人大着胆子，让小艇往洞中驶去。河身忽然狭小，水势的湍急与轰轰

————————

① 开颜为南美洲东北角上一小岛，属法国。

的巨响，令人心惊胆战。过了一昼夜，他们重见天日；可是小艇触着暗礁，撞坏了，只得在岩石上爬，直爬了三四里地。最后，两人看到一片平原，极目无际，四周都是崇山峻岭，高不可攀。土地的种植，是生计与美观同时兼顾的；没有一样实用的东西不是赏心悦目的。车辆赛过大路上的装饰品，式样新奇，构造的材料也灿烂夺目；车中男女都长得异样的俊美；驾车的是一些高大的红绵羊，奔驰迅速，便是安达鲁齐，泰图安，美基内斯的第一等骏马，也望尘莫及。

老实人道："啊，这地方可胜过威斯发里了。"他和加刚菩遇到第一个村子就下了地。几个村童，穿着稀烂的金银铺绣衣服，在村口玩着丢石片的游戏。从另一世界来的两位旅客，一时高兴，对他们瞧了一会儿：他们玩的石片又大又圆，光芒四射，颜色有黄的，有红的，有绿的。两位旅客心中一动，随手捡了几块：原来是黄金，是碧玉，是红宝石，最小的一块也够蒙古大皇帝做他宝座上最辉煌的装饰。加刚菩道："这些孩子大概是本地国王的儿女，在这里丢着石块玩儿。"村塾的老师恰好出来唤儿童上学。老实人道："啊，这一定是内廷教师了。"

那些顽童马上停止游戏，把石片和别的玩具一齐留在地下。老实人赶紧捡起，奔到教师前面，恭恭敬敬的捧给他，用手势说明，王子和世子们忘了他们的金子与宝石。塾师微微一笑，接过来扔在地下，很诧异的对老实人的脸瞧了一会儿，径自走了。

两位旅客少不得把黄金，碧玉，宝石，捡了许多。老实人叫道："这是什么地方呀？这些王子受的教育太好了，居然会瞧不起黄金宝石。"加刚菩也和老实人一样惊奇。他们走到村中第一家人家，建筑仿佛欧洲的宫殿。一大群人都向门口拥去，屋内更挤得厉害，还传出悠扬悦耳的音乐，一阵阵珍馐美馔的异香。加刚菩走近大门，听讲着秘鲁话；那是他家乡的语言；早先交代过，加刚菩是生在图库曼的，他的村子里只通秘鲁话。他便对老实人说："我来替你当翻译；咱们进去罢，这是一家酒店。"

店里的侍者，两男两女，穿着金线织的衣服，用缎带束着头发，邀他们入席。先端来四盘汤，每盘汤都有两只鹦鹉；接着是一盘白煮神鹰，直有两百磅重，然后是两只香美异常的烤猴子；一个盘里盛着三百只蜂雀；另外一盘盛着六百只小雀；还有几道烧烤，几道精美的甜菜；食器全部是水晶盘子。男女侍者来斟了好几种不同的甘蔗酒。

食客大半是商人和赶车的，全都彬彬有礼，非常婉转的向加刚菩问了几句，又竭诚回答加刚菩的问话，务必使他满意。

吃过饭，加刚菩和老实人一样，以为把捡来的大块黄金丢几枚在桌上，是尽够付账的了。不料铺子的男女主人见了哈哈大笑，半天直不起腰来。后来他们止住了笑。店主人开言道："你们两位明明是外乡人；我们却是难得见到的。抱歉得很，你们拿大路上的石子付账，我们见了不由得笑起来。想必你们没有敝国的钱，可是在这儿吃饭不用惠钞。为了便利客商，我们开了许多饭店，一律归政府开支。敝处是个小村子，地方上穷，没有好菜敬客；可是别的地方，无论上哪儿你们都能受到应有的款待。"加刚菩把主人的话统统解释给老实人听，老实人听的时候，和加刚菩讲的时候同样的钦佩，惊奇。两人都说："外边都不知道有这个地方；究竟是什么国土呢？这儿的天地跟我们的完全不同！这大概是尽善尽美的乐土了，因为无论如何，世界上至少应该有这样一块地方。不管邦葛罗斯怎么说，我总觉得威斯发里样样不行。"

第十八章

他们在黄金国内的见闻

　　加刚菩把心中的惊异告诉店主人，店主人回答说："我无知无识，倒也觉得很快活；可是这儿有位告老的大臣，是敝国数一数二的学者，最喜欢与人交谈。"说完带着加刚菩去见老人。那时老实人退为配角，只能陪陪他的当差了。他们进入一所顶朴素的屋子，因为大门只是银的，屋内的护壁只是金的，但镂刻的古雅，比着最华丽的护壁也未必逊色。固然，穿堂仅仅嵌着红宝石与碧玉，但镶嵌的式样补救了质料的简陋。

老人坐在一张蜂鸟毛垫子的沙发上，接见两位来宾，叫人端酒敬客，酒瓶是钻石雕的。接着他说了下面一席话，满足他们的好奇心：

"我今年一百七十二岁；先父做过王上的洗马，亲眼见到秘鲁那次惊人的革命，把情形告诉了我。我们现在的国土原是古印加族疆域的一部分，印加族当初冒冒失失的出去扩张版图，结果却亡于西班牙人之手。

"留在国内的王族比较明哲；他们征得老百姓的同意，下令任何居民不得越出我们小小的国境，这才保证了我们的纯洁和快乐。西班牙人对这个地方略有所知，不得其详；他们把它叫做黄金国。还有一个叫做拉莱爵士的英国人，一百年前差不多到了这儿附近；幸亏我们四面都是高不可攀的峻岭和峭壁，所以至今没有膏欧洲各民族的馋吻；他们酷爱我们的石块和泥巴，爱得发疯一般，为了抢那些东西，可能把我们杀得一个不留的。"

他们谈了很久，谈到政体，风俗，妇女，公共娱乐，艺术。素好谈玄说理的老实人，要加刚菩探问国内有没有宗教。

老人红了红脸，说道："怎么你们会有这个疑问呢？莫非以为我们是无情无义的人吗？"加刚菩恭恭敬敬请问黄金国的宗教是哪一种。老人又红了红脸，答道："难道世界上还有两个宗教不成？我相信我们的宗教是跟大家一样的；我们从早到晚敬爱上帝。"加刚菩始终替老实人当着翻译，说出他心中的疑问："你们只崇拜一个上帝吗？"老人道："上帝总不见得有两个，三个，四个罢？我觉得你们世界上的人发的问题怪得很。"老实人絮絮不休，向老人问长问短；他要知道黄金国的人怎样祈祷上帝的。那慈祥可敬的哲人回答说："我们从来不祈祷，因为对他一无所求，我们所需要的，他全给我们了；我们只是不断的感谢他。"老实人很希望看看他们的教士，问他们在哪儿。老人微微一笑，说道："告诉两位，我们国内人人都是教士，每天早上，王上和全国人民的家长都唱着感谢神恩的赞美诗，庄严肃穆，由五六千名乐师担任伴奏。"——"怎么！你们没有修士专管传教，争辩，统治，弄权窃柄，把意见不同的人活活烧死吗？"老人道："那我们不是发疯了吗？我们这儿大家都意见一致，你说的你们那些修士的勾当，我完全莫名其妙。"老实人听着这些话出神了，心上想："那跟威斯发里和男爵的宫堡完全不同；倘若邦葛罗斯见到了黄金国，就不会再说森特－登－脱龙克宫堡是世界上的乐土了；可见一个人非游历不可。"

长谈过后，慈祥的老人吩咐套起一辆六羊驾驶的四轮轿车，派十二名仆役送两位旅客进宫。他说："抱歉得很，我年纪大了，不能奉陪。但王上接见两位的态度，绝不至于得罪两位；敝国倘有什么风俗习惯使两位不快，想必你们都能原谅的。"

老实人和加刚菩上了轿车，六头绵羊像飞一样，不消四个钟点，他们已经到达京城一端的王宫前面。宫门高二十二丈，宽十丈；说不出是什么材料造的。可是不难看出，那材料比我们称为黄金珠宝的石子沙土，不知要贵重多少倍。

老实人和加刚菩一下车，就有二十名担任御前警卫的美女迎接，带他们去沐浴，换上蜂鸟毛织成的袍子；然后另有男女大臣引他们进入内殿，按照常例，两旁各站着一千名乐师。走近御座所在的便殿，加刚菩问一位大臣，觐见王上该用何种敬礼："应当双膝下跪，还是全身伏在地下？应当把手按在额上，还是按着屁股？或者用舌头舐地下的尘土？

总而言之，究竟是怎样的仪式？"大臣回答："惯例是拥抱王上，亲吻他的两颊。"老实人和加刚菩便扑上去勾着王上的脖子，王上对他们优礼有加，很客气的请他们晚间赴宴。

宴会之前，有人陪他们去参观京城，看那些高入云表的公共建筑，千百列柱围绕的广场，日夜长流的喷泉：有的喷射清澈无比的泉水，有的喷射蔷薇的香水，有的喷射甘蔗酒；规模宏大的广场，地下铺着一种宝石，散出近乎丁香与肉桂的香味。老实人要求参观法院和大理院；据说根本没有这些机关，从来没有人打官司的。老实人问有没有监狱，人家也回答说没有。但他看了最惊异最高兴的是那个科学馆，其中一个走廊长两百丈，摆满着数学和物理的仪器。

整个下午在京城里逛了大约千分之一的地方，他们回到王宫。席上老实人坐在国王，加刚菩和几位太太之间。他们从来没有享受过更美的筵席，国王在饭桌上谈笑风生的雅兴，也从来没有人能相比。加刚菩把陛下的妙语一一解释给老实人听，虽然经过了翻译，还照样趣味盎然。这一点和旁的事情一样使老实人惊异赞叹。

两人在此宾馆中住了一个月。老实人再三和加刚菩说：

"朋友，我生长的宫堡固然比不上这个地方；可是，究竟居内贡不在此地；或许你也有个把情人在欧洲。住在这里，我们不过是普通人，不如回到我们的世界中去，单凭十二头满载黄金国石子的绵羊，我们的财富就能盖过普天之下的国王，也不必再害怕异教裁判所，而要接回居内贡小姐也易如反掌了。"

这些话正合加刚菩的心意：人多么喜欢奔波，对自己人炫耀，卖弄游历的见闻，所以两个享福的人决意不再享福，去向国王要求离境。

国王答道："你们这是发傻了。敝国固是蕞尔小邦，不足挂齿，但我们能苟安的地方，就不应当离开。我自然无权羁留外客；那种专制手段不在我们的风俗与法律之内；每个人都是自由的；你们随时可以动身，但出境不是件容易的事。你们能从岩洞底下的河里进来，原是奇迹，不可能再从原路出去。环绕敝国的山岭高逾千仞，陡若城墙，每座山峰宽三四十里，除了悬崖之外，别无他路可下。你们既然执意要走，让我吩咐机械司造一架机器，务必很方便的把你们运送出去。一朝到了山背后，可没有人能奉陪了；我的百姓发誓不出国境，他们不会那么糊涂，违反自己发的愿的。现在你们喜欢什么东西，尽管向我要罢。"加刚菩说："我们只求陛下赏几头绵羊，驮些干粮，石子和泥巴。"国王笑道："你们欧洲人这样喜欢我们的黄土，我简直弄不明白；好罢，你们爱带多少就带多少，但愿你们因此得福。"

国王随即下令，要工程师造一架机器把两个怪人举到山顶上，送他们出境。三千名优秀的物理学家参加工作；半个月以后，机器造好了，照当地的钱计算，只花了两千多万镑。老实人和加刚菩坐在机器上，带着两头鞍辔俱全的大红绵羊，给他们翻过山岭以后代步的；二十头载货的绵羊驮着干粮；三十头驮着礼品，都是当地最稀罕的宝物；五十头驮着黄金，钻石，宝石。国王很亲热的把两个流浪汉拥抱了。

他们动身了，连人带羊举到山顶上的那种巧妙方法，确是奇观。工程师们送他们到了安全地方，便和他们告别。此时老实人心中只有一个愿望，一个目的，就是把羊群去献给居内贡小姐。他说："倘若人家肯把居内贡小姐标价，我们的财力尽够向布韦诺斯·爱累斯总督纳款了。咱们上开颜去搭船，再瞧瞧有什么王国可以买下来。"

第十九章

他们在苏利南的遭遇，老实人与玛丁的相识

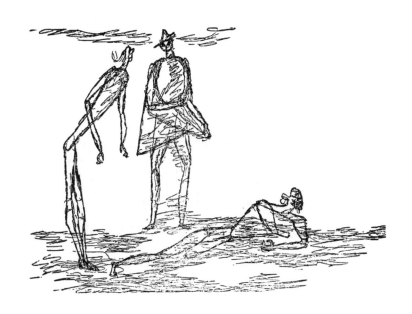

　　路上第一天过得还愉快。想到自己的财富比欧、亚、非三洲的总数还要多，两人不由得兴致十足。老实人兴奋之下，到处把居内贡的名字刻在树上。第二天，两头羊连着货物陷入沼泽；过了几日，另外两头不堪劳顿，倒毙了；接着又有七八头在沙漠中饿死；几天之后，又有些堕入深谷。走了一百天，只剩下两头羊。老实人对加刚菩道："你瞧，尘世的财富多么脆弱；只有德行和重见居内贡小姐的快乐才可靠。"加刚菩答道："对。可是我们还剩下两头羊，西班牙

王一辈子也休想有它们身上的那些宝物。我远远的看到一个
市镇，大概就是荷兰属的苏利南。好啦，咱们苦尽甘来了。"

靠近市镇，他们瞧见地下躺着一个黑人，衣服只剩一
半，就是说只穿一条蓝布短裤：那可怜虫少了一条左腿，缺
了一只右手。老实人用荷兰话问他："唉，天哪！你这个样
子好不凄惨，呆在这儿干什么呢？"黑人回答："我等着我
的东家，大商人范特登杜①先生。"老实人说："可是范特登
杜先生这样对待你的？"——"是的，先生；这是老例章程。
他们每年给我们两条蓝布短裤，算是全部衣着。我们在糖厂
里给磨子碾去一个手指，他们就砍掉我们的手；要是想逃，
就割下一条腿：这两桩我都碰上了。我们付了这代价，你们
欧洲人才有糖吃。可是母亲在几尼亚海边得了十块钱把我卖
掉的时节，和我说：'亲爱的孩子，你得感谢我们的神道，
永远向他们礼拜，他们会降福于你；你好大面子，当上咱们
白大人的奴隶；你爹妈也靠着你发迹了。'——唉！我不知
他们有没有靠着我发迹，反正我没有托他们的福。狗啊，猴

① 据专家考证，此名影射范·杜仑（Van Düren）；范为荷兰出版商，伏
尔泰谓其在版税上舞弊，损害伏尔泰权益。

子啊，鹦鹉啊，都不像我们这么苦命。人家教我改信的荷兰神道，每星期日告诉我们，说我们不分黑白，全是亚当的孩子。我不懂家谱；但只要布道师说得不错，我们都是嫡堂兄弟。可是你得承认，对待本家不能比他们更辣手了。"

"噢，邦葛罗斯！"老实人嚷道，"你可没想到这种惨无人道的事。得啦得啦，我不再相信你的乐天主义了。"——"什么叫做乐天主义？"加刚菩问。——"唉！就是吃苦的时候一口咬定百事顺利。"老实人瞧着黑人，掉下泪来。他一边哭一边进了苏利南。

他们第一先打听，港内可有船把他们载往布韦诺斯·爱累斯。问到的正是一个西班牙船主，答应跟他们公平交易，约在一家酒店里谈判。老实人和加刚菩便带着两头羊上那边去等。

老实人心直口快，把经过情形向西班牙人和盘托出，连要抢走居内贡小姐的计划也实说了。船主回答："我才不送你们上布韦诺斯·爱累斯去呢；我要被吊死，你们俩也免不了。美人居内贡如今是总督大人最得宠的外室。"老实人听了好比晴天霹雳，哭了半日，终于把加刚菩拉过一边，说道："好朋友，还是这么办罢：咱们每人口袋里都有价值五六百万的钻石；你比我精明；你上布韦诺斯·爱累斯去取居内贡小姐。要是总督作难，给他一百万；再不肯，给他两百万。你没杀过主教，他们不会防你的。我另外包一条船，上佛尼市等你；那是个自由地方，不用怕保加利亚人，也不用怕阿伐尔人，也不必担心犹太人和异教裁判所。"加刚菩一听这妙计，拍手叫好；但要跟好东家分手，不由得悲从中来，因为他们俩已经成为知心朋友了。幸而他还能替主人出力，加刚菩想到这一点，就转悲为喜，忘了分离的痛苦。两人抱头大哭了一场；老实人又吩咐他别忘了那老妈子。加刚菩当日就动身。他可真是个好人哪。

老实人在苏利南又住了一晌，希望另外有个船主，肯把他和那硕果仅存的两头绵羊载往意大利。他雇了几个用人，把长途航行所需要的杂物也办齐了。终于有一天，一条大帆船的主人，范特登杜先生，来找他了。老实人道："你要多少钱，才肯把我，我的下人，行李，还有两头绵羊，一径载往佛尼市？"船主讨价一万银洋。老实人一口答应了。

机灵的范特登杜在背后说："噢！噢！这外国人一出手

就是一万！准是个大富翁。"过了一会儿便回去声明，少了两万不能开船。老实人回答："两万就两万。"

"哎啊！"那商人轻轻的自言自语，"这家伙花两万跟一万一样的满不在乎。"他又回去，说少了三万不能把他送往佛尼市。老实人回答："好，依你三万就是了。"——"噢！噢！"荷兰人对自己说，"三万银洋还不在他眼里；可见两头绵羊一定驮着无价之宝。别多要了，先教他付了三万，再瞧着办。"老实人卖了两颗小钻，其中一颗很小的，价值就不止船主所要的数目。他先付了钱。两头绵羊装上去了。老实人跟着坐了一条小艇，预备过渡到港中的大船上。船长认为时机已到，赶紧扯起篷来，解缆而去，又遇着顺风帮忙。老实人看着，目瞪口呆，一刹那就不见了帆船的踪影。他叫道："哎哟！这一招倒比得上旧大陆的杰作。"他回到岸上，说不出多么痛苦，因为抵得上一二十位国王财富的宝物，都白送了。

他跑去见荷兰法官；性急慌忙，敲门不免敲得太粗暴了些；进去说明案由，叫嚷的声音不免太高了些。法官因为他闹了许多声响，先罚他一万银洋，方始耐性听完老实人的

控诉，答应等那商人回来，立即审理。末了又要老实人缴付
一万银洋讼费。

这种作风把老实人气坏了；不错，他早先遇到的倒楣
事儿，给他的痛苦还百倍于此；但法官和船主这样不动声色
的欺负人，使他动了肝火，悲观到极点。人心的险毒丑恶，
他完全看到了，一肚子全是忧郁的念头。后来有条开往波尔
多的法国船：他既然丢了满载钻石的绵羊，便花了很公道的
代价，包下一间房舱。他又在城里宣布，要找一个诚实君子
作伴，船钱饭食，一应归他，再送两千银洋酬劳。但这个人
必须是本省遭遇最苦，最怨恨自己的行业的人。

这样就招来一大群应征的人，便是包一个舰队也容纳
不下。老实人存心要在最值得注目的一批中去挑，当场选
出一二十个看来还和气，又自命为最有资格入选的人，邀
到酒店里，请他们吃饭；条件是要他们发誓，毫不隐瞒的
说出自己的历史。老实人声明，他要挑一个他认为最值得
同情，最有理由怨恨自己行业的人；其余的一律酌送现金，
作为酬报。

这个会直开到清早四点。老实人听着他们的遭遇，一

边想着老婆子当初来的时候说的话，断定船上没有一个人不受过极大的灾难。每听一个故事，他必想着邦葛罗斯，他道："恐怕邦葛罗斯不容易再证明他的学说了罢！可惜他不在这里。世界上果真有什么乐土，那一定是黄金国，决不在别的地方。"末了他挑中一个可怜的学者，在阿姆斯特登的书店里做过十年事。他认为世界上没有一个职业比他的更可厌的了。

那学者原是个好好先生，被妻子偷盗，被儿子殴打，被跟着一个葡萄牙人私奔的女儿遗弃。他靠着过活的小差事，最近也丢了；苏利南的牧师还迫害他，说他是索星尼派①。其实别的人至少也跟他一样倒楣；但老实人暗中希望这学者能在路上替他消愁解闷。其余的候选人认为老实人极不公平，老实人每人送了一百银洋，平了大家的气。

---

① 索星尼派为十六世纪时神学家索星所创，否认三位一体及耶稣为神之说。

第二十章

老实人与玛丁在海上的遭遇

　　老学者名叫玛丁，跟着老实人上船往波尔多。两人都见多识广，饱经忧患；即使他们的船要从苏利南绕过好望角开往日本，他们对于物质与精神的痛苦也讨论不完。

　　老实人比玛丁占着很大的便宜：他始终希望和居内贡小姐相会，玛丁却一无希望；并且老实人有黄金钻石；虽然丢了一百头满载世界最大财富的大绵羊，虽然荷兰船主拐骗他的事始终不能忘怀，但一想到袋里剩下的宝物，一提到居内贡小姐，尤其在酒醉饭饱的时候，他又倾向邦葛罗斯的哲学了。

他对学者说："玛丁先生，你对这些问题有何意见？你对物质与精神的苦难又有怎样的想法？"玛丁答道："牧师们指控我是索星尼派，其实我是马尼教①徒。"——"你这是说笑话罢？马尼教徒早已绝迹了。"——"还有我呢，"玛丁回答，"我也不知道信了这主义有什么用，可是我不能有第二个想法。"老实人说："那你一定是魔鬼上身了。"玛丁道："魔鬼什么事都要参与；既然到处有他的踪迹，自然也可能附在我身上。老实告诉你，我瞧着地球，——其实只是一颗小珠子，——我觉得上帝的确把它交给什么恶魔了；当然黄金国不在其内。我没见过一个城市不巴望邻近的城市毁灭的，没见过一个家庭不希望把别的家庭斩草除根的。弱者一面对强者卑躬屈膝，一面暗中诅咒；强者把他们当作一群任凭宰割的绵羊。上百万编号列队的杀人犯在欧洲纵横驰骋，井井有条的干着焚烧掳掠的勾当，为的是糊口，为的是

---

① 马尼教为公元三世纪时波斯人马奈斯所创，是一种二元论的宗教，言原人为善神所造，其性善；今人为恶神所造，其性恶，唯认识真理后方能解脱罪恶；并称世界上的光明与黑暗是永远斗争不已的。

干不了更正当的职业。而在一些仿佛太平无事，文风鼎盛的都市中，一般人心里的妒羡，焦虑，忧急，便是围城中大难当头的居民也不到这程度。内心的隐痛比外界的灾难更残酷。一句话说完，我见得多了，受的折磨多了，所以变了马尼教徒。"老实人回答道："究竟世界上还有些好东西呢。"玛丁说："也许有罢，可是我没见识过。"

辩论之间，他们听见一声炮响，接着越来越紧密。各人拿起望远镜，瞧见三海哩以外有两条船互相轰击；风把它们越吹越近，法国船上的人可以舒舒服服的观战。后来，一条船放出一阵排炮，不偏不倚，正打在另外一条的半中腰，把它轰沉了。老实人和玛丁清清楚楚看得甲板上站着一百多人，向天举着手臂，呼号之声惨不忍闻。一忽儿他们都沉没了。

玛丁道："你瞧，人与人就是这样相处的。"老实人道："不错，这简直是恶魔干的事。"言犹未了，他瞥见一堆不知什么鲜红的东西在水里游泳。船上放下一条小艇，瞧个究竟，原来是老实人的一头绵羊。老实人找回这头羊所感到的喜悦，远过于损失一百头满载钻石的绵羊所感到的悲伤。

不久，法国船长看出打胜的一条船，船主是西班牙人，沉没的那条，船主是一个荷兰海盗，便是拐骗老实人的那个。他抢去的偌大财宝，跟他一齐葬身海底，只逃出了一头羊。老实人对玛丁道："你瞧，天理昭彰，罪恶有时会受到惩罚的，这也是荷兰流氓的报应。"玛丁回答："对，可是船上的搭客，难道应当和他同归于尽吗？上帝惩罚了恶棍，魔鬼淹死了无辜。"

　　法国船和西班牙船继续航行，老实人和玛丁继续辩论，一连辩了半个月，始终没有结果。可是他们总算谈着话，交换着思想，互相安慰着。老实人抚摩着绵羊，说道："我既然能把你找回来，一定也能找回居内贡的。"

第二十一章

老实人与玛丁驶近法国海岸，他们的议论

　　终于法国海岸在望了。老实人问："玛丁先生，你到过法国吗？"玛丁回答："到过，我去过好几州。有的州里，半数居民都害着狂疾，有几州民风奸刁得很，有几州的人性情和顺，相当愚蠢；又有几州的人喜欢卖弄才情；全国一致的风气是：第一、谈情说爱，第二、恶意中伤，第三、胡说八道。"——"玛丁先生，你可曾到过巴黎？"——"到过的，那儿可是各色人等一应俱全了；只看见一片混乱，熙熙攘攘，人人都在寻求快乐，结果没有一个人找到，至少我觉得如此。我没耽搁多久；才到巴黎，身边的钱就给圣·日耳曼节场上的小偷扒光了。人家还把我当作小偷，抓去关了八天牢；以后我进印刷所当校对，想挣一笔路费，拼着两腿走回荷兰。我认识一批写文章的，掀风作浪的，为宗教入迷的，都不是东西。有人说巴黎也有些挺文雅的君子；但愿这话是真的。"

老实人道："我没兴致游历法国；你不难想象，在黄金国待过一个月的人，除了居内贡小姐之外，世界上什么东西都不想再看了。我要经过法国到意大利，上佛尼市等她；你不陪我走一遭吗？"玛丁道："一定奉陪；听说那地方，只有佛尼市的贵族才住得；可是本地人待外乡人很客气，只要外乡人十二分有钱。我没有钱，你有的是；不论你上哪儿，我都跟着走。"老实人道："我想起一件事要问你，我们的船主有一本厚厚的书，书中说咱们的陆地原本是海洋，你相信吗？"玛丁回答："我才不信呢，近年来流行的那些梦话，我全不信。"老实人道："那末干吗要有这个世界呢？"——"为了气死我们的。"玛丁回答。老实人又说："我给你讲过大耳人那里有两个姑娘爱上猴子的事，你不觉得奇怪吗？"——"我才不呢，"玛丁说，"我不觉得这种情欲有什么可怪；怪事见得多了，就什么都不以为怪了。"老实人道："你可相信人一向就互相残杀，像现在这样的吗？一向就是扯谎，欺诈，反复无常，忘恩负义，强取豪夺，懦弱，轻薄，卑鄙，妒羡，馋痨，酗酒，吝啬，贪婪，残忍，毁谤，淫欲无度，执迷不悟，虚伪，愚妄的吗？"玛丁回答说："你想鹞子看到鸽子是否一向都吃的？"——"那还用说吗？"——玛丁道："既然鹞性不改，为什么希望人性会改呢？"——"噢！那是大不相同的；因为人的意志可以自由选择……"议论之间，他们到了波尔多。

第二十二章

老实人与玛丁在法国的遭遇

　　老实人在波尔多办了几件事就走了。他在当地卖掉几块黄金国的石子，包定一辆舒服的双人座的驿车，因为他和哲学家玛丁成了形影不离的好友。他不得不把绵羊忍痛割爱，送给波尔多的科学院；科学院拿这头羊作为当年度悬赏征文的题目，要人研究为什么这头羊的毛是红的。得奖的是一个北方学者，他用 A 加 B，减 C，用 Z 除的算式，证明这头羊应当长红毛，也应当害疱疮①死的。

————————

① 此处所谓疱疮，原是羊特有的病症。

可是，老实人一路在酒店里遇到的旅客都告诉他："我们上巴黎去。"那股争先恐后的劲，终于打动了老实人的兴致，也想上京城去观光一番了；好在绕道巴黎到佛尼市，并没有多少冤枉路。

他从圣·玛梭城关进城，当下竟以为到了威斯发里省内一个最肮脏的村子。

老实人路上辛苦了些，一落客店便害了一场小病。因为他手上戴着一只奇大无比的钻戒，行李中又有一口重得非凡的小银箱，所以立刻来了两名自告奋勇的医生，几位寸步不离的好友，两个替他烧汤煮水的虔婆。玛丁说："记得我第一次到巴黎也害过病；我穷得很，所以既没有朋友，也没有虔婆，也没有医生；结果我病好了。"

又是吃药，又是放血，老实人的病反而重了。一个街坊上的熟客，挺和气的来问他要一份上他世界去的通行证^①。老实人置之不理；两位虔婆说这是新时行的规矩。老实人回答，他不是一个时髦人物。玛丁差点儿把来客摔出窗外。教

---

① 此系指忏悔证书。今日旧教徒结婚之前，教会尚限令双方缴纳忏悔证书。街坊上的熟客即暗指教士。

士赌咒说，老实人死了，决不给他埋葬。玛丁赌咒说，他倒预备埋葬教士，要是教士再纠缠不清。双方你言我语，越吵越凶；玛丁抓着教士的肩膀，使劲撵了出去。这事闹得沸沸扬扬，连警察局都动了公事。

老实人复元了，养病期间，颇有些上流人士来陪他吃晚饭，另外还赌钱，输赢很大。老实人从来抓不到爱司[①]，觉得莫名其妙；玛丁却不以为怪。

老实人的向导中间，有个矮小的班里戈登神甫。巴黎不少像他那样殷勤的人，老是机灵乖巧，和蔼可亲，面皮既厚，说话又甜，极会趋奉人，专门巴结过路的外国人，替他们讲些本地的丑闻秘史，帮他们花大价钱去寻欢作乐。这位班里戈登神甫先带老实人和玛丁去看戏。那日演的是一出新编的悲剧。老实人座位四周都是些才子；但他看到表演精彩的几幕，仍禁不住哭了。休息期间，旁边有位辩士和他说："你落眼泪真是大错特错了：这女戏子演得很糟，搭配的男戏子比她更糟，剧本比戏子还要糟。剧情明明发生在阿拉

------

① 外国纸牌中普通最大的王牌为 A，读如爱司（As）。

伯，剧作者却不懂一句阿拉伯文；并且他不信先天观念论^①。明天我带二十本攻击他的小册子给你看。"老实人问神甫："先生，法国每年有多少本新戏？"——"五六千本。"——老实人说："那很多了，其中有几本好的呢？"神甫道："十五六本。"玛丁接着道："那很多了。"

有一位女戏子，在一出偶尔还上演的，平凡的悲剧中，串伊丽莎白王后，老实人看了很中意，对玛丁道："我很喜欢这演员，她颇像居内贡小姐；倘使能去拜访她一次，倒也是件乐事。"班里戈登神甫自告奋勇，答应陪他去。老实人是从小受的德国教育，便请问当地的拜见之礼，不知在法国应当怎样对待英国王后。神甫说："那要看地方而定；在内地呢，带她们上酒店；在巴黎，要是她们相貌漂亮，大家便恭而敬之，死了把她们摔在垃圾堆上。"^②老实人嚷起来："怎么，把王后摔在垃圾堆上！"玛丁接口道："是的，神甫说

① 笛卡儿的哲学系统以生来自具之观念为意识之内容，此生来自具之观念即名为"先天观念"。
② 此段故事系隐指法国有名的女演员勒戈佛溁（一六九二～一七三〇）事，生前声名藉盛，死后教堂拒绝为之举行葬礼，卒埋于巴黎蒲高涅街路角，塞纳河畔。

得一点不错。从前莫尼末小姐，像大家说的从此世界转到他世界去的时候，我正在巴黎；那时一般人不许她享受所谓丧葬之礼，所谓丧葬之礼，是让死人跟街坊上所有的小子，躺在一个丑恶不堪的公墓上一同腐烂；莫尼末小姐只能孤零零的埋在蒲高涅街的转角上；她的英魂一定因此伤心透顶的，因为她生前思想很高尚。"老实人道："那太没礼貌了。"玛丁道："有什么办法！这儿的人便是这样。在这个荒唐的国内，不论是政府，法院，教堂，舞台，凡是你想象得到的矛盾都应有尽有。"老实人问："巴黎人是不是老是嘻嘻哈哈的？"神甫回答："是的；他们一边笑，一边生气；他们对什么都不满意，而抱怨诉苦也用打哈哈的方式；他们甚至一边笑一边干着最下流的事。"

老实人又道："那混账的胖子是谁？我为之感动下泪的剧本，我极喜欢的演员，他都骂得一文不值。"——"那是个无耻小人，所有的剧本，所有的书籍，他都要毁谤；他是靠此为生的。谁要有点儿成功，他就咬牙切齿，好比太监怨恨作乐的人；那是文坛上的毒蛇，把凶狠仇恨做粮食的；他是个报屁股作家。"——"什么叫做报屁股作家？"——"专门糟蹋纸张的，所谓弗莱隆^①之流。"神甫回答。

成群的看客拥出戏院；老实人，玛丁，班里戈登，却在楼梯高头大发议论。老实人道："虽则我急于跟居内贡小姐相会，倒也很想和格兰龙小姐吃顿饭；我觉得她真了不起。"

格兰龙小姐只招待上等人，神甫没资格接近。他说："今天晚上她有约会；但是我可以带你去见一位有身份的太太，你在她府上见识了巴黎，就赛过在巴黎住了四年。"

老实人天性好奇，便跟他到一位太太府上，坐落在圣·奥诺雷城关的尽里头，有人在那儿赌法老^②：十二个愁眉不展的赌客各自拿着一叠牌，好比一本登记他们恶运的账册。屋内鸦雀无声，赌客脸上暗淡无光，庄家脸上焦急不安，女主人坐在铁面无情的庄家身边，把尖利的眼睛瞅着赌客的加码；谁要把纸牌折个小角儿，她就教他们把纸角展开，神色严厉，态度却很好，决不因之生气，唯恐得罪了主顾。

---

① 弗莱隆（一七一九～一七七六）为法国政论家，终身与百科全书派为敌，攻击伏尔泰尤为激烈。
② 法老是一种纸牌的赌博。

那太太自称为特·巴洛里涅侯爵夫人。她的女儿十五岁，也
是赌客之一；众人为了补救牌运而做的手脚，她都眨着眼睛
作报告。班里戈登神甫，老实人和玛丁走进屋子，一个人也
没站起来，一个人也没打招呼，甚至瞧都不瞧一眼；大家一
心都在牌上。老实人说："哼，森特－登－脱龙克男爵夫人
还比他们客气一些。"

神甫凑着侯爵夫人耳朵说了几句，她便略微抬了抬身
子，对老实人嫣然一笑，对玛丁很庄严的点点头，教人端一
张椅子，递一副牌给老实人。玩了两局，老实人输了五万法
郎。然后大家一团高兴的坐下吃晚饭。在场的人都奇怪老实
人输了钱毫不介意，当差们用当差的俗谈，彼此说着："他
准是一位英国的爵爷。"

和巴黎多数的饭局一样，桌上先是静悄悄的，继而你
一句我一句，谁也听不清谁；最后是说笑打诨，无非是没有
风趣的笑话，无稽的谣言，荒谬的议论，略为谈几句政治，
缺德话说上一大堆。也有人提到新出的书。班里戈登神甫问
道："神学博士谷夏先生的小说，你们看到没有？"一位客
人回答："看到了，只是没法念完。荒唐的作品，咱们有的

是；可是把全体坏作品加起来，还及不上神学博士谷夏的荒唐。这一类恶劣的书泛滥市场，像洪水一般，我受不了，宁可到这儿来赌法老的。"神甫说："教长 T 某某写的随笔，你觉得怎么样？"巴洛里涅太太插嘴道："噢！那个可厌的俗物吗？他把老生常谈说得非常新奇；把不值一提的东西讨论得酸气冲天；剽窃别人的才智，手段又笨拙透顶，简直是点金成铁！他教我讨厌死了！可是好啦，现在用不着我讨厌了，教长的大作只要翻过几页就够了。"

桌上有位风雅的学者，赞成侯爵夫人的意见。接着大家谈到悲剧；女主人问，为什么有些悲剧还能不时上演，可是剧本念不下去。那位风雅的人物，把一本戏可能还有趣味而毫无价值的道理，头头是道的解释了一番。他很简括的说明，单单拿每部小说都有的，能吸引观众的一二情节搬进戏文，是不够的；还得新奇而不荒唐，常常有些崇高的境界而始终很自然，识透人的心而教这颗心讲话，剧作者必须是个大诗人而剧中并不显得有一个诗人；深得语言三昧，文字精炼，从头至尾音韵铿锵，但决不让韵脚妨碍意义。他又补充说："谁要不严格遵守这些规则，他可能写出一二部悲剧博得观众掌声，却永远算不得一个好作家。完美的悲剧太少了；有些是文字写得不差，韵押得很恰当的牧歌；有些是教人昏昏欲睡的政论，或者是令人作呕的夸张；又有些是文理不通，中了邪魔的梦呓；再不然是东拉西扯，因为不会跟人讲话，便长篇大论的向神道大声疾呼；还有似是而非的格言，夸大其辞的陈言俗套。"

老实人聚精会神的听着，以为那演说家着实了不起。既然侯爵夫人特意让他坐在身旁，他便凑到女主人耳畔，大着胆子问，这位能言善辩的先生是何等人物。她回答说："他是一位学者，从来不入局赌钱，不时由神甫带来吃顿饭的。他对于悲剧和书本非常内行；自己也写过一出悲剧，被人大喝倒彩；也写过一部书，除掉题赠给我的一本之外，外边从来没有人看到过。"老实人道："原来是个大人物！不愧为邦葛罗斯第二。"

于是他转过身去，朝着学者说道："先生，你大概认为物质世界和精神领域都十全十美，一切都是不能更改的罢？"学者答道："我才不这么想呢；我觉得我们这里一切都倒行逆施；没有一个人知道他自己的身份，自己的责任，知道他做些什么，应当做什么；除了在饭桌上还算痛快，还算团结以外，其余的时间大家都喧哗争辩，无理取闹：扬山尼派攻击莫利尼派①，司法界攻击教会，文人攻击文人，幸臣攻击幸臣，金融家攻击老百姓，妻子攻击丈夫，亲戚攻击亲戚；简直是一场无休无歇的战争。"

老实人回答说："我见过的事比这个恶劣多呢；可是有位倒了楣被吊死的哲人，告诉我这些都十全十美，都是一幅美丽的图画的影子。"玛丁道："你那吊死鬼简直是嘲笑我们；你所谓影子其实是丑恶的污点。"老实人说："污点是人涂上去的，他们也是迫不得已。"玛丁道："那就不能怪他们了。"大半的赌客完全不懂他们的话，只顾喝酒；玛丁只管和学者辩论，老实人对主妇讲了一部分自己的经历。

吃过晚饭，侯爵夫人把老实人带到小房间里，让他坐在一张长沙发上，问道："喂，这么说来，你是一往情深，永远爱着居内贡小姐了？"——"是的。"老实人回答。侯爵夫人对他很温柔的一笑："你这么回答，表示你真是一个

———————————
① 莫利尼派为耶稣会中的一支，十六世纪时由耶稣会神学家莫利尼创立，以调和人的自由与神的恩宠为主要学说。

威斯发里的青年；换了一个法国人，一定说，'我果然爱居内贡小姐；可是见了你，太太，我恐怕要不爱她了。'"老实人说："好罢，太太，你要我怎样回答都行。"侯爵夫人又道："你替居内贡小姐捡了手帕才动情的；现在我要你替我捡吊袜带。"——"敢不遵命。"老实人说着，便捡了吊袜带。那太太说："我还要你替我扣上去。"老实人就替她扣上了。太太说："你瞧，你是个外国人；我常常教那些巴黎的情人害上半个月的相思病，可是我第一夜就向你投降了，因为对一个威斯发里的年轻人，我们应当竭诚招待。"美人看见外国青年两手戴着两只大钻戒，不由得赞不绝口；临了两只钻戒从老实人手上过渡到了侯爵夫人手上。

老实人做了对不起居内贡小姐的事，和班里戈登神甫一路回去，一路觉得良心不安；神甫对他的痛苦极表同情。老实人在赌台上输的五万法郎和两只半送半骗的钻戒，神甫只分润到一个小数目；他存心要利用结交老实人的机会，尽量捞一笔，便和他大谈其居内贡。老实人对他说，将来在佛尼市见了爱人，一定要求她饶恕他的不忠。

班里戈登变得格外恭敬，格外体贴了；老实人说什么，做什么，打算做什么，神甫都表示热心和关切。

他问老实人："那末先生，你是在佛尼市有约会了？"老实人答道："是啊，神甫，我非到佛尼市去跟居内贡小姐相会不可。"他能提到爱人真是太高兴了，所以凭着心直口快的老脾气，把自己和大名鼎鼎的威斯发里美人的情史，讲了一部分。

神甫说："大概居内贡小姐极有才气，写的信也十分动人罢？"老实人道："我从来没收到过；你想，我为了钟情于她而被赶出爵府的时候，我不能写信给她；不久听说她死了，接着又和她相会，又和她分手；最后我在离此一万多里的地方，派了一个当差去接她。"

神甫留神听着，若有所思。不一会儿他和两个外国人亲热的拥抱了一下，告辞了。第二天，老实人睁开眼来就收到一封信，措辞是这样的：

"我最亲爱的情人，我病在此地已有八天了；听说你也在城中。要是我能动弹，早已飞到你怀抱里来了。我知道你路过波尔多；我把忠心的加刚菩和老婆子留在那边，让他们随后赶来。布韦诺斯·爱累斯总督把所有的宝物都拿去了，可是我还有你的一颗心。快来罢，见了你，我就有命了，要不然我也会含笑而死。"

这封可爱的信，这封意想不到的信，老实人看了说不出的欢喜；心爱的居内贡病倒的消息又使他痛苦万分。老实人被两种情绪搅乱了，急忙拿着黄金钻石，教人把他和玛丁两个带往居内贡的旅馆。他走进去，紧张得全身打战，心儿乱跳，说话带着哭声；他想揭开床上的帐幔，教人拿支蜡烛过来。"不行，见了光她就没有命了。"女用人说着，猛的把帐幔放下了。老实人哭道："亲爱的居内贡，你觉得好些吗？你不能见我的面，至少跟我说句话呀。"女用人道："她不能说话。"接着她从床上拉出一只滚圆的手，让老实人把眼泪浇在上面，浇了半天。他拿几颗钻石塞在那只手里，又在椅子上留下一袋黄金。

他正在大动感情，忽然来了一个差官，后面跟着班里戈登神甫和几名差役。差官道："嘿！这两个外国人形迹可疑！"随即喝令手下的人把他们逮捕，押往监狱。老实人道："黄金国的人可不是这样对待外客的。"玛丁道："啊！我更相信马尼教了。"老实人问："可是，先生，你把我们带往

哪儿去呢？"——"进地牢去。"差官回答。

玛丁定下心神想了想，断定冒充居内贡的是个女骗子，班里戈登神甫是个男骗子，他看出老实人天真不过，急于下手；差官又是一个骗子，可是容易打发的。

为了避免上公堂等等的麻烦，老实人听了玛丁劝告，又急于和货真价实的居内贡相会，便向差官提议送他三颗小钻，每颗值三千比斯多。差官说道："啊，先生，哪怕你十恶不赦，犯尽了所有的罪，你也是世界上第一个规矩人；三颗钻石！三千比斯多一颗！我替你卖命都来不及，怎么还会把你送地牢？公家要把外国人全部抓起来，可是我有办法；我有个兄弟住在诺曼地的第挨普海港，让我带你去；只要你有几颗钻石给他，他会像我一样的侍候你。"

老实人问："为什么要把外国人都抓起来呢？"班里戈登神甫插嘴道："因为有个阿德雷巴西的光棍①，听了混账话，做了大逆不道的事，不是像一六一〇年五月的案子，而是像一五九四年十二月的那件②，还有像别的一些案子，是别的光棍听了混账话，在别的年份别的月份犯的。"

差官把案情③解释给老实人听，老实人叫道："啊！这些野兽！一个整天唱歌跳舞的国家，竟有这样惨无人道的事！这简直是猴子耍弄老虎的地方，让我快快逃出去罢。我在本乡见到的是大熊；只有在黄金国才见过人！差官先生，看上帝分上，带我上佛尼市罢，我要在那儿等居内贡小姐。"

---

① 此系作者影射达眠安事件：一七五七年一月五日，一个精神不健全的乡下人，名叫达眠安，以小刀刺伤路易十五，卒被凌迟处死。

② 一五九四年十二月，亨利四世被约翰·夏丹行刺；又于一六一〇年五月，被拉伐伊阿克行刺，重伤身死。以上各案均与十六七世纪时宗教斗争有关。

③ 一七五七年达眠安处死以前，备受酷刑；拿过凶器的手被用火焚烧，又浇以沸油及熔化的铅。

差官道:"我只能送你上诺曼地。"当下教人开了老实人和玛丁的脚镣,说是误会了,打发了手下的人,亲自把两人送往诺曼地,交给他兄弟。那时港中泊着一条荷兰船。靠了另外三颗钻石帮忙,诺曼地人马上成为天下第一个热心汉,把老实人和玛丁送上船,开往英国的朴次茅斯海港。那不是到佛尼市去的路;但老实人以为这样已经逃出了地狱,打算一有机会就取道上佛尼市。

第二十三章

老实人与玛丁在英国海岸上见到的事

"啊，邦葛罗斯！邦葛罗斯！啊，玛丁！玛丁！啊，亲爱的居内贡！这是什么世界呀？"老实人在荷兰船上这么叫着。玛丁答道："都是些疯狂丑恶的事儿。"——"你到过英国，那边的人是不是跟法国人一样疯狂的？"——玛丁道："那是另外一种疯狂。英法两国正为了靠近加拿大的几百亩雪地打仗，为此英勇的战争所花的钱，已经大大超过了全加拿大的价值。该送疯人院的人究竟哪一国更多，恕我资质愚钝，无法奉告。我只知道我们要遇到的人性情忧郁，肝火很旺。"

说话之间，他们进了朴次茅斯港；港内泊着舰队；岸上人山人海，睁着眼睛望着一个胖子；他跪在一条兵船的甲板上，四个兵面对着他，每人若无其事的朝他脑袋放了三枪；岸上的看客便心满意足的回去了。老实人道："怎么回事呀？哪个魔鬼这样到处发威的？"他向人打听，那个在隆重的仪式中被枪毙的胖子是谁。"是个海军提督①。"有人回答。"为什么要杀他呢？"——"因为他杀人杀得不够，他和一个法国海军提督作战，离开敌人太远了。"老实人道："可是法国提督离开英国提督不是一样远吗？"旁边的人回答："不错；可是这个国家，每隔多少时候总得杀掉个把海军提督，鼓励一下别的海军提督。"

老实人对于所见所闻，又惊骇，又厌恶，简直不愿意上岸；当下跟荷兰船主讲妥价钱，把船直放佛尼市；哪怕这船主会像苏利南的那个一样的拐骗他，也顾不得了。

两天以后，船主准备停当，把船沿着法国海岸驶去；

---

① 影射一七五七年三月英国海军提督平格被杀事，因平格于一七五六年与法国舰队作战败绩。

远远望见里斯本的时候，老实人吓得直打哆嗦。接着进了海峡，驶入地中海；终于到了佛尼市。老实人搂着玛丁叫道："哎啊！谢谢上帝！这儿我可以和美人居内贡相会了。我相信加刚菩跟相信我自己一样。苦尽甘来，否极泰来，不是样样都十全十美了吗？"

第二十四章

巴该德与奚罗弗莱的故事

　　老实人一到佛尼市，就着人到所有的酒店，咖啡馆，妓院去找加刚菩，不料影踪全无。他每天托人去打听大小船只，只是没有加刚菩的消息。他对玛丁说："怎么的！我从苏利南到波尔多，从波尔多到巴黎，从巴黎到第挨普，从第挨普到朴次茅斯，绕过了葡萄牙和西班牙的海岸，穿过地中海，在佛尼市住了几个月：这么长久的时间，我的美人儿和加刚菩还没到！我非但没遇到居内贡，倒反碰上了一个女流氓和一个班里戈登神甫！她大概死了罢，那我也只有一死了事。啊！住在黄金国的乐园里好多了，不应当回到这该死的欧洲来的。亲爱的玛丁，你说得对，人生不过是些幻影和灾难。"

他郁闷不堪，既不去看时行的歌剧，也不去欣赏狂欢节的许多游艺节目，也没有一个女人使他动心。玛丁说："你太傻了，你以为一个混血种的当差，身边带着五六百万，真会到天涯海角去把你的情妇接到佛尼市来吗？要是找到的话，他就自己消受了。要是找不到，他也会另找一个。我劝你把你的当差和你的情人居内贡，一齐丢开了罢。"玛丁的话只能教人灰心。老实人愈来愈愁闷，玛丁还再三向他证明，除了谁也去不了的黄金国，德行与快乐在世界上是很少的。

一边讨论这个大题目，一边等着居内贡，老实人忽然瞧见一个年轻的丹阿德会①修士，搀着一位姑娘在圣·马克广场上走过。修士年富力强，肥肥胖胖，身体精壮结实，眼睛很亮，神态很安详，脸色很红润，走路的姿势也很威武。那姑娘长得很俏，嘴里唱着歌，脉脉含情的瞧着修士，常常

---

① 丹阿德会为旧教中的一派，十六世纪时由丹阿多主教创立。

拧他的大胖脸表示亲热。老实人对玛丁道："至少你得承认，这两人是快活的了。至此为止，除了黄金国以外，地球上凡是人住得的地方，我只看见苦难；但这个修士和这个姑娘，我敢打赌是挺幸福的人。"玛丁道："我打赌不是的。"老实人说："只要请他们吃饭，就可知道我有没有看错了。"

他过去招呼他们，说了一番客套话，请他们同到旅馆去吃通心粉，龙巴地鹧鸪，鲟鱼蛋，喝蒙德毕岂阿诺酒，拉克利玛－克利斯底酒，希普酒，萨摩酒。小姐红了红脸，修士却接受了邀请；女的跟着他，又惊异又慌张的瞧着老实人，甚至于含着一包眼泪。才跨进老实人的房间，她就说："怎么，老实人先生认不得巴该德了吗？"老实人原来不曾把她细看，因为一心想着居内贡；听了这话，回答道："唉！可怜的孩子，原来是你把邦葛罗斯博士弄到那般田地的？"巴该德道："唉，先生，是呀。怪道你什么都知道了。我听到男爵夫人和居内贡小姐家里遭了横祸。可是我遭遇的残酷也不相上下。你从前看见我的时候，我还天真烂漫。我的忏悔师是一个芳济会修士，轻易就把我勾搭上了。结果可惨啦；你被男爵大人踢着屁股赶走以后，没几天我也不得不离开爵府。要不是一个本领高强的医生可怜我，我早死了。为了感激，我做了这医生的情妇。他老婆妒忌得厉害，天天下毒手打我，像发疯一样。医生是天底下顶丑的男人，我是天底下顶苦的女人，为了一个自己并不喜欢的男人整天挨打。先生，你知道，泼妇嫁给医生是很危险的。他受不了老婆的凶悍，有天给她医小伤风，配了一剂药，灵验无比，她吃下去抽搐打滚，好不怕人，两小时以内就送了命。太太的家属把先生告了一状，说他谋杀；他逃了，我坐了牢。倘不是我还长的俏，尽管清白无辜也救不了我的命。法官把我开脱了，条件是由他来顶医生的缺。不久，一位情敌又补了我的缺，把我赶走，一个钱也没给。我只得继续干这个该死的营生；你们男人以为是挺快活的勾当，我们女人只觉得是人间地狱。我到佛尼市来也是做买卖的。啊！先生，不管是做生意的老头儿，是律师，是修士，是船夫，是神甫，我都得赔着笑脸侍候；无论什么耻辱，什么欺侮，都得准备捱受；往往衣服都没有穿了，借着别人的裙子走出去，让一个混账男人撩起来；从东家挣来的钱给西家偷去；衙门里的差役还要来讹诈你；前途有什么指望呢？还不是又老又病，躺在救济院里，扔在垃圾堆上！先生，你要想想这个滋味，就会承认我是天底下最苦命的女人了。"

巴该德在小房间里，当着玛丁对老实人说了这些知心话。玛丁和老实人道："你瞧，我赌的东道已经赢了一半。"

奚罗弗莱修士坐在饭厅里，喝着酒等开饭。老实人和巴该德道："可是我刚才碰到你，你神气多快活，多高兴，你唱着歌，对教士那么亲热，好像是出于真心的，你自己说苦得要命，我看你倒是乐得很呢。"巴该德答道："啊！先生，那又是我们这一行的苦处呀。昨天一个军官抢了我的钱，揍了我一顿，今天就得有说有笑的讨一个修士喜欢。"

老实人不愿意再听了；他承认玛丁的话不错。他们跟巴该德和丹阿德修士一同入席；饭桌上大家还高兴，快吃完的时候，说话比较亲密了。老实人道："神甫，我觉得你的命很不差，大可羡慕；你的脸色表示你身体康健，心中快乐；又有一个挺漂亮的姑娘陪你散心，看来你对丹阿德修士这个职业是顶满意的了。"

奚罗弗莱修士答道："嘿，先生，我恨不得把所有的丹阿德修士都沉到海底去呢。我几次三番想把修道院一把火烧掉，去改信回教。我十五岁的时候，爹娘逼我披上这件该死的法衣，好让一个混账的，天杀的哥哥多得一份产业。修道院里只有妒忌，倾轧，疯狂。我胡乱布几次道，挣点儿钱，一半给院长克扣，一半拿来养女人。但我晚上回到修道院，真想一头撞在卧房墙上；而我所有的同道都和我一样。"

玛丁转身朝着老实人，照例很冷静的说道："喂，我赌的东道不是全赢了吗？"老实人送了两千银洋给巴该德，送了一千给奚罗弗莱修士，说道："我担保，凭着这笔钱，他们就快乐了。"玛丁道："我可不信，这些钱说不定把他们害得更苦呢。"老实人道："那也管不了；可是有件事我觉得很安慰：你以为永远不会再见的人竟会再见，既然红绵羊和巴该德都遇到了，很可能也会遇到居内贡。"玛丁说："但愿她有朝一日能使你快活；可是我很怀疑。"——"你的心多冷。"老实人说。——"那是因为我事情经得多了。"玛丁回答。

老实人道："你瞧那些船夫，不是老在唱歌吗①？"玛

——————
① 佛尼市游艇有名于世，舟子之善歌亦有名于世。

丁道："你没瞧见他们在家里，跟老婆和小娃娃们在一起的情形呢。执政①有执政的烦恼，船夫有船夫的烦恼。固然，通盘算起来，还是船夫的命略胜一筹，可是也相差无几，不值得计较。"

老实人道："外边传说这里有位元老，叫做波谷居朗泰，住着勃朗泰河上那所华丽的王府，招待外国人还算客气。听说他是一个从来没有烦恼的人。"玛丁说："这样少有的品种，我倒想见识见识。"老实人立即托人向波谷居朗泰大人致意，要求准许他们第二天去拜访。

---

① 佛尼市共和城邦的政府首长，自七世纪末至十八世纪末均称 *Doge*，原义为公爵，但易与普通的公爵相混，故暂译做"执政"。

第二十五章

佛尼市贵族波谷居朗泰访问记

　　老实人和玛丁坐着游艇，驶进勃朗泰河，到了元老波谷居朗泰的府上。花园布置得很雅，摆着美丽的白石雕像。王府建筑极其宏丽。主人年纪六十左右，家财巨万；接见两位好奇的来客颇有礼貌，可并不热烈；老实人不免有点局促，玛丁倒还觉得满意。

　　两个相貌漂亮，衣着大方的姑娘，先端上泡沫很多的巧克力敬客。老实人少不得把她们的姿色，风韵和才干，称赞一番。元老说道："这两个姑娘还不错，有时我让她们睡在我床上；因为我对城里的太太们，对她们的风情，脾气，妒忌，争吵，狭窄，骄傲，愚蠢，还有非给她们写不可的，或是非教人写不可的十四行诗，都厌倦透顶；可是这两个姑娘也教我起腻了。"

吃过早点，老实人在画廊中散步，看着美不胜收的画惊叹不已。他问那开头的两幅是谁的作品。主人说："那是拉斐尔的。几年前，为了虚荣我花大价钱买了来；据说是全意大利最美的东西，我却一点不喜欢，颜色已经暗黄了，人体不够丰满，表现得不够有力；衣褶完全不像布帛。总而言之，不管别人怎么说，我觉得这两幅画不够逼真。一定要像看到实物一样的画，我才喜欢；但这种作品简直没有。我藏着不少画，早就不看了。"

饭前，波谷居朗泰教人来一支合奏曲。老实人觉得音乐美极了。波谷居朗泰道："这种声音可以让你消遣半个钟点，再多，大家就听厌了，虽然没有一个人敢说出来。现在的音乐，不过是以难取胜的艺术；仅仅是难奏的作品，多听几遍就没人喜欢。

"我也许更爱歌剧，要不是人家异想天开，把它弄成怪模怪样的教我生气。那些谱成音乐的要不得的悲剧，一幕一幕只是没来由的插进几支可笑的歌，让女戏子卖弄嗓子：这种东西，让爱看的人去看罢。一个阉割的男人哼哼唧唧，扮演恺撒或加东，在台上愣头傻脑的踱方步：谁要愿意，谁要能够，对这种东西低徊叹赏，尽管去低徊叹赏；至于我，我久已不愿领教了；这些浅薄无聊的玩艺儿，如今却成为意大利的光荣，各国的君主还不惜重金罗致呢。"老实人很婉转的，略微辩了几句。玛丁却完全赞成元老的意见。

他们吃了一餐精美的饭，走进书房。老实人瞥见一部装订极讲究的《荷马全集》，便恭维主人趣味高雅。他说："这一部是使伟大的邦葛罗斯，德国最杰出的哲学家，为之陶醉的作品。"波谷居朗泰冷冷的答道："我并不为之陶醉。从前人家硬要我相信这作品很有趣味；可是那些翻来覆去，讲个不休的大同小异的战争；那些忙忙碌碌而一事无成的神道；那战争的祸根，而还够不上做一个女戏子的海仑；那老是围困而老是攻不下的脱洛阿城；都教我厌烦得要死。有时候我问几位学者，是不是看了这书跟我一样发闷。凡是真诚的都承认看不下去，但书房中非有一部不可，好比一座古代的纪念碑，也好比生锈而市面上没人要的古徽章。"

老实人问："大人对维琪尔的见解不是这样罢？"波谷居朗泰答道："我承认他的《埃奈伊特》①第二、第四、第六各卷都很精彩；但是那虔诚的埃奈伊，勇武的格劳昂德，好友阿夏德，小阿斯加尼于斯，昏君拉底奴斯，庸俗的阿玛太，无聊的拉维尼亚，却是意趣索然，令人生厌。我倒更喜欢塔索和阿利渥斯托笔下那些荒诞不经的故事②。"

老实人道："恕我冒昧，先生读荷拉斯是不是极感兴趣呢？"波谷居朗泰回答："不错，他写了些格言，对上流人物还能有点益处；而且是用精悍的诗句写的，比较容易记。可是他描写勃兰特的旅行，吃得挺不舒服的饭，两个粗人的口角，说什么一个人好比满口脓血，另外一个好比一嘴酸醋等等，我都懒得理会。他攻击老婆子和女巫的诗，粗俗不堪，我只觉得恶心。他对他的朋友曼塞纳说，如果自己能算得一

---

① 拉丁诗人维琪尔（公元前七〇～前一九年）著有未完成的史诗《埃奈伊特》，叙述荷马史诗中的英雄定居意大利的故事，以埃奈伊为主角。全书完成的有十二卷。

② 意大利诗人塔索（一五四四～一五九五）著有史诗《耶路撒冷之解放》。诗人阿利渥斯托（一四七四～一五三三）著有长诗《狂怒的洛朗》。

个抒情诗人，一定高傲得昂然举首，上触星辰：这等话我也看不出有什么价值①。愚夫愚妇对于一个大名家的东西，无有不佩服的。可是我读书只为我自己，只有合我脾胃的我才喜欢。"老实人所受的教育，使他从来不会用自己的眼光判断，听了主人的话不由得大为惊奇；玛丁却觉得波谷居朗泰的思想方式倒还合理。

老实人忽然叫道："噢！这儿是一部西塞罗②；这个大人物的作品，阁下想必百读不厌罢？"那佛尼市元老说："我从来不看的。他替拉皮里于斯辩护也罢，替格鲁昂丢斯辩护也罢，反正跟我不相干。我自己经手的案子已经多得很了。我比较惬意的还是他的哲学著作；但看到他事事怀疑，我觉得自己的知识跟他相差不多，也用不着别人再来把我教得愚昧无知了。"

"啊！"玛丁叫道，"这儿还有科学院出版的二十四册丛刊，也许其中有些好东西罢？"波谷居朗泰说道："哼，

① 拉丁诗人荷拉斯（公元前六五～前八年）与当时皇帝奥古斯德为友，尤受政治家曼塞纳之知遇；荷拉斯曾于有名的献词中，言人各有愿望理想，己之理想则为抒情诗人。

② 西塞罗（公元前一〇六～前四三年）为罗马共和时代之政论家，演说家。

只要那些作家中间有一个，能发明做别针的方法，就算是好材料了；可是这些书里只有空洞的学说，连一种实用的学识都找不到。"

老实人道："这里又是多少剧本啊！有意大利文的，有西班牙文的，有法文的。"元老回答："是的，一共有三千种，精彩的还不满三打。至于这些说教的演讲，全部合起来还抵不上一页赛纳克①，还有那批卷帙浩繁的神学书；你们想必知道我是从来不翻的，不但我，而且谁也不翻的。"

玛丁看到书架上有好几格都插着英文书，便道："这些书多半写得毫无顾忌，阁下既是共和城邦的人，想必喜欢的罢？"波谷居朗泰回答说："不错，能把自己的思想写出来是件美事，也是人类独有的权利；我们全意大利的人，笔下写的却不是心里想的；恺撒与安东尼的同乡，没有得到多明我会修士的准许，就不敢自己转一个念头。启发英国作家灵感的那种自由，倘不是被党派的成见与意气，把其中一切有价值的部分糟蹋了，我一定会喜爱的。"

---

① 赛纳克（公元前四～公元六五年）为罗马时代哲学家，遗著除哲学论文外，尚有讽刺文集。

老实人看见一部《弥尔敦诗集》，便问在他眼里，这作家是否算得大人物。波谷居朗泰说道："谁？他吗？这野蛮人用生硬的诗句，为《创世记》第一章写了十大章注解：这个模仿希腊作家的俗物把创造世界的本事弄得面目全非；摩西明明说上帝用言语造出世界的，那俗物却教弥赛亚到天堂的柜子里，去拿一个圆规来画出世界的轮廓①！我会把他当作大人物吗？塔索笔下的魔鬼和地狱都给他糟蹋了②，吕西番一忽儿变了癞蛤蟆，一忽儿变了小矮子，一句话讲到上百次；还要辩论神学；阿利渥斯托说到火枪的发明，原是个笑话，他却一本正经的去模仿，教魔鬼们在天上放大炮③：这样

①《创世记》第一章有"神说：要有光；就有光"等等之语，故基督教素来认为上帝是用言语创造世界的。摩西相传为《创世记》的作者；今人考证，则谓《创世记》系犹太人于公元六世纪时得之于巴比伦传说。弥尔敦诗中（《失乐园》）则谓弥赛亚（意为神之子）以金圆规画出世界，使有边际，不致浩瀚无涯。
② 魔鬼虽从基督教观念中来，塔索写之仍用异教徒笔法，与古代拉丁诗人同；不若弥尔敦之形容魔鬼，高踞于地狱之中，横卧于火湖之上，半沉半浮，身遭缧绁。以纯粹古典趣味之伏尔泰观之，弥尔敦与塔索之描写，自有雅俗之分。魔鬼有许多名字，吕西番其一也。
③ 阿利渥斯托在《狂怒的洛朗》（在意大利文则为《狂怒的奥朗多》）中曾谓弗列查（Friza）之王有一兵器（火枪），举世莫敌。弥尔敦于《失乐园》中称魔鬼发明枪炮以攻天堂。

的人我会敬重吗？不用说我，全意大利也没有人喜欢这种沉闷乏味，无理取闹的作品。什么罪恶与死亡的结合，什么罪恶生产的毒蛇[①]，只要口味比较文雅一些的人都会看了作呕，他描写病院的长篇大论，只配筑坟墓的工人去念[②]。这部晦涩，离奇，丑恶的诗集，一出世就教人瞧不起；我现在对待他的态度，跟他同时代的本国人一样。并且，我只知道说出自己的思想，决不理会别人是否跟我一般思想。"老实人听了这话大为懊丧；他是敬重荷马，也有点喜欢弥尔敦的。他轻轻的对玛丁道："唉，我怕这家伙对我们的德国诗人也不胜鄙薄呢。"玛丁道："那又何妨？"老实人又喃喃说道："噢！了不起的人物！这波谷居朗泰竟是个大天才！他对什么都不中意。"

他们把书题过目完了，下楼到花园里去。老实人把园子的美丽极口称赞了一番。主人道："这花园恶俗不堪；只有

①此为伏尔泰误忆。《失乐园》第十卷中仅言罪恶与死在地狱中等候，一知撒旦诱致亚当与夏娃堕落一事成功，即结伴同贺，并未提及结婚。撒旦返地狱，自夸功绩，上帝罚之忽为蛇形，手下诸魔亦变为蛇，并非罪恶所生产。

②《失乐园》第十一卷，天使弥盖尔示亚当以将来世界，有病院中各种呻吟痛苦之状。

些无聊东西；明儿我就叫人另起一所，布置得高雅一些。"

两个好奇的客人向元老告辞了，老实人对玛丁说："喂！这一回你总得承认见到了一个最快乐的人罢？因为他一无所惑，超脱一切。"玛丁道："你不看见他对自己所有的东西都厌恶吗？柏拉图早说过，这个不吃，那个不受的胃，绝不是最强健的胃。"老实人道："能批评一切，把别人认为美妙的东西找出缺点来，不也是一种乐趣吗？"玛丁回答："就是说把没有乐趣当作乐趣，是不是？"老实人叫道："啊！世界上只有我是快乐的，只要能和居内贡小姐相会。"——"能够希望总是好的。"玛丁回答。

可是几天过去了，几星期过去了，加刚菩始终不回来。老实人陷在痛苦之中；甚至巴该德和奚罗弗莱修士谢都没来谢一声，他也不以为意。

第二十六章

老实人与玛丁和六个外国人同席，
外国人的身份

　　一天晚上，老实人和玛丁两个，正要和几个同寓的外国人吃饭，一个皮色像煤烟似的人从后面过来，抓着他的手臂，说道："请你准备停当，跟我们一起走，别错过了。"老实人掉过头来，一看是加刚菩。他惊喜交集的情绪，只比见到居内贡差一点。他几乎快乐得发疯，把朋友拥抱着叫道："啊！居内贡一定在这里了，在哪儿呢？快点带我去，让我跟她一块儿欢天喜地的快活一阵。"加刚菩道："居内贡不在这里，她在君士坦丁堡。"——"啊！天哪！在君士坦丁堡！不过哪怕她在中国，我也要插翅飞去；咱们走罢。"加刚菩答道："我们吃过晚饭才走，现在不能多谈；我做了奴隶，主人等着我；我得侍候他用餐；别多讲话；快去吃饭，准备出发。"

老实人一半快乐一半痛苦：高兴的是遇到了他忠心的使者，奇怪的是加刚菩变了奴隶；他只想着跟情人相会，心乱得很，头脑搅昏了。当下他去吃饭，同桌的是玛丁——他看到这些事，态度是很冷静的——还有到佛尼市来过狂欢节的六个外国人。

加刚菩替内中的一个外国人管斟酒，席终走近他的主人，凑着耳朵说道："陛下随时可以动身了，船已经准备停当。"说完便出去了。同桌的人诧异之下，一声不出，彼此望了望。另外一个仆人走近他的主人，说道："陛下的包车在巴杜等着，渡船已经准备好了。"主人点点头，仆人走了。同桌的人又彼此望了望，觉得更奇怪了。第三个用人也走近第三个外国人，说道："陛下不能多留了，我现在就去准备一切。"说完也马上走了。

老实人和玛丁，以为那是狂欢节中乔装取笑的玩艺儿。

第四个仆人和第四个主人说："陛下随时可以动身了。"然后和别人一样，出去了。第五个用人对第五个主人也是这一套。但第六个用人，对坐在老实人旁边的第六个主人说的话大不相同："陛下，人家不肯再赊账了；今天晚上我和陛下都可能被关进监狱；我现在去料理一些私事，再见罢。"

六个仆人都走了，老实人，玛丁和六个外国人，都肃静无声。最后，老实人忍不住开口道："诸位，这个取笑的玩艺儿真怪，为什么这个那个，你们全是国王呢？老实说，我和玛丁两个可不是的。"

加刚菩的主人一本正经用意大利文说道："我不是开玩笑，我是阿赫美特三世，做过好几年苏丹；我篡了我哥哥的王位，我的侄儿又篡了我的王位；我的宰相都砍了头，我如今在冷宫里养老。我的侄儿穆罕默德苏丹有时让我出门疗养，这一回是到佛尼市来过狂欢节的。"

阿赫美特旁边的一个青年接着说："我叫做伊凡，从前是俄罗斯皇帝，在摇篮中就被篡位了；父母都被幽禁，我是在牢里长大的；有时我可以由看守的人陪着，出门游历；这一回是到佛尼市来过狂欢节的。"

第三个人说道："我是英王查理－爱德华；父亲把王位让给我，我奋力作战维持我的权利；人家把我手下的八百党羽挖出心来，打在他们脸上，把我下了狱。现在我要上罗马去看我的父王，他跟我和我的祖父一样是被篡位的。这回我到佛尼市来过狂欢节。"

第四个接着说："我是波拉葛①的王；因为战事失利，丢了世袭的国土；我父亲也是同样的遭遇，如今我听天由命，像阿赫美特苏丹，伊凡皇帝，英王查理－爱德华一样，但愿上帝保佑他们长寿；这回我是到佛尼市来过狂欢节的。"

第五个说："我也是波拉葛的王，丢了两次王位；但上帝给了我另外一个行业，我做的好事，超过所有萨尔玛德王在维斯丢拉河边做的全部好事；我也是听天由命；这一回是到佛尼市来过狂欢节的。"

那时轮到第六个王说话了。他道："诸位，我不是像你们那样的天潢贵胄；但也做过王，像别的王一样。我叫做丹沃淘，高斯人立我为王。当初人家称我陛下，现在称我先生

---

① 十七世纪时服役法国的波兰骑兵叫做波拉葛。

都很勉强。我铸过货币，如今囊无分文；有过两位国务大臣，结果只剩一个跟班；我登过宝座，后来却在伦敦坐了多年的牢，睡在草垫上。我很怕在这儿会受到同样的待遇，虽则我和诸位陛下一样，是到佛尼市来过狂欢节的。"

其余五个王听了这番话非常同情，每人送了二十金洋给丹沃陶添置内外衣服。老实人送了价值两千金洋的一枚钻石。五个王问道："这位是谁？一个平民居然拿得出一百倍于你我的钱，而且肯随便送人！"

离开饭桌的时候，旅馆里又到了四位太子殿下，也是因战事失利，丢了国家，到佛尼市来过最后几天的狂欢节的。老实人对新来的客人根本没注意。他一心只想到君士坦丁堡去见他心爱的居内贡。

第二十七章

老实人往君士坦丁堡

忠心的加刚菩，和载送阿赫美特苏丹回君士坦丁堡的船主讲妥，让老实人和玛丁搭船同行。老实人和玛丁向落难的苏丹磕过头，便出发上船。一路老实人对玛丁说："你瞧，和我们一同吃饭的竟有六个废王，内中一个还受我布施。更不幸的王侯，说不定还有许多。我啊，我不过丢了一百头绵羊，现在却是飞到居内贡怀抱中去了。亲爱的玛丁，邦葛罗斯毕竟说得不错：万事大吉。"玛丁道："但愿如此。"老实人道："可是我们在佛尼市遇到的事也真怪。六位废王在客店里吃饭，不是见所未见，闻所未闻吗？"玛丁答道："也未必比我们别的遭遇更奇。国王被篡位是常事；我们叨陪末座，和他们同席，也没什么了不起，不足挂齿。"

老实人一上船，就搂着他从前的当差，好朋友加刚菩的脖子。他说："哎，居内贡怎么啦？还是那么姿容绝世吗？照旧爱我吗？她身体怎样？你大概在君士坦丁堡替她买了一所行宫罢？"

加刚菩回答："亲爱的主人，居内贡在普罗篷提特海边洗碗，在一位并没多少碗盏的废王家里当奴隶；废王名叫拉谷斯基，每天从土耳其皇帝手里领三块钱过活；更可叹的是，居内贡变得奇丑无比了。"老实人道："啊，美也罢，丑也罢，我是君子人，我的责任是对她始终如一。但你带着五六百万，怎么她还会落到这般田地？"加刚菩道："唉，我不是先得送布韦诺斯·爱累斯总督两百万，赎出居内贡吗？余下的不是全给一个海盗好不英勇的抢了去吗？那海盗不是把我们带到马塔班海角，带到弥罗，带到尼加利阿，带到萨摩斯，带到彼特拉，带到达达尼尔，带到斯康塔里吗？临了，居内贡和老婆子两人落在我刚才讲的废王手里，我做了前任苏丹的奴隶。"老实人道："哎哟，祸不单行，一连串的倒楣事儿何其多啊！幸而我还有几颗钻石，不难替居内贡赎身。可惜她人变丑了。"

他接着问玛丁："我跟阿赫美特苏丹，伊凡皇帝，英王查理 – 爱德华，你觉得究竟哪一个更可怜？"玛丁道："我不知道，除非我钻在你们肚里。"老实人说："啊，要是邦葛罗斯在这里，就能告诉我了。"玛丁道："我不知道你那邦葛罗斯用什么秤，称得出人的灾难和痛苦。我只相信地球上有几千几百万的人，比英王查理 – 爱德华，伊凡皇帝和阿赫美特苏丹不知可怜多少倍。"——"那很可能。"老实人说。

没过几天，他们进入黑海的运河。老实人花了很大的价钱赎出加刚菩，随即带着同伴改搭一条苦役船，到普罗篷提特海岸去寻访居内贡，不管她丑成怎样。

船上的桨手队里有两名苦役犯，划桨的手艺很差；船主是个小亚细亚人，不时用牛筋鞭子抽着那两个桨手的赤露的背。老实人无意中把他们特别细瞧了一会儿，不胜怜悯的走近去。他觉得他们完全破相的脸上，某些地方有点像邦葛罗斯和那不幸的耶稣会士，就是那位男爵，居内贡小姐的哥哥。这印象使他心中一动，而且很难过，把他们瞧得更仔细了。他和加刚菩道："真的，要不是我眼看邦葛罗斯被吊死，要不是我一时糊涂，亲手把男爵杀死，我竟要相信这两个划桨的就是他们了。"

听到男爵和邦葛罗斯的名字，两个苦役犯大叫一声，放下了桨，呆在凳上不动了。船主奔过来，越发鞭如雨下。老实人叫道："先生，别打了，别打了；你要多少钱我都给。"一个苦役犯嚷道："怎么！是老实人！"另外一个也道："怎么！是老实人！"老实人道："我莫非做梦不成？我究竟醒着还是睡着？我是在这条船上吗？这是我杀死的男爵吗？这是我眼看被吊死的邦葛罗斯大师吗？"

两人回答："是我们啊，是我们啊。"玛丁问："怎么，那位大哲学家就在这儿？"老实人道："喂，船主，我要赎出森特－登－脱龙克男爵，日耳曼帝国最有地位的一个男爵，还有全日耳曼最深刻的玄学家邦葛罗斯先生：你要多少钱？"船主答道："既然这两条苦役狗是什么男爵，什么玄学大家，那一定是他们国内的大人物了；我要五万金洋！"——"行！先生；赶快送我上君士坦丁堡，越快越好，到了那里我马上付钱。啊，不，你得带我上居内贡小姐那儿。"船主听到老实人要求赎出奴隶，早已掉转船头，向君士坦丁堡进发，教手下的人划得比飞鸟还快。

老实人把男爵和邦葛罗斯拥抱了上百次。——"亲爱的男爵，怎么我没有把你杀死的？亲爱的邦葛罗斯，怎么你吊死以后还活着的？你们俩又怎么都在土耳其船上做苦役的？"男爵道："我亲爱的妹妹果真在这里吗？"——"是的。"加刚菩回答。邦葛罗斯嚷道："啊，我又见到我亲爱的老实人了。"老实人把玛丁和加刚菩向他们介绍了。他们都互相拥抱，抢着说话。船飞一般的向前，已经到岸了。他们叫来一个犹太人，老实人把一颗价值十万的钻石卖了五万，犹太人还用亚伯拉罕的名字赌咒，说无论如何不能多给了。老实人立刻付了男爵和邦葛罗斯的身价。邦葛罗斯扑在地下，把恩人脚上洒满了眼泪；男爵只点点头表示谢意，答应一有机会就偿还这笔款子。他说："我的妹子可是真的在土耳其？"加刚菩答道："一点不假；她在一位德朗西未尼亚的废王家里洗碗。"他们又找来两个犹太人；老实人又卖了两颗钻，然后一齐搭着另外一条船去赎居内贡。

第二十八章

老实人，居内贡，邦葛罗斯和玛丁等等的遭遇

　　老实人对男爵道:"对不起,男爵,对不起,神甫,请你原谅我把你一剑从前胸戳到后背。"男爵道:"别提了;我承认当时我火气大了一些;但你既然要知道我怎么会罚做苦役的,我就告诉你听:我的伤口经会里的司药修士医好之后,一队西班牙兵来偷袭,把我活捉了,下在布韦诺斯·爱累斯牢里,那时我妹妹正好离开那儿。我要求遣回罗马总会。总会派我到驻君士坦丁堡的法国大使身边当随从司祭。到任不满八天,有个晚上遇到一位宫中侍从,年纪很轻,长得很

美。天热得厉害，那青年想洗澡；我也借此机会洗澡。谁知
一个基督徒和一个年轻的回教徒光着身子在一起，算是犯了
大罪。法官教人把我脚底打了一百板子，罚做苦役。我不信
世界上还有比这个更冤枉的事。但我很想知道，为什么我妹
妹替一个亡命在土耳其的，德朗西末尼亚废王当厨娘？"

老实人道："那末你呢，亲爱的邦葛罗斯，怎么我又会
见到你呢？"邦葛罗斯道："不错，你是看我吊死的；照例
我是应当烧死的；可是你记得，他们正要动手烧我，忽然下
起雨来；雨势猛烈，没法点火；他们无可奈何，只得把我吊
死了事。一个外科医生买了我的尸体，拿回去解剖。他先把
我从肚脐到锁骨，一横一直划了两刀。我那次吊死的手续，
做得再糟糕没有。执行异教裁判所救世大业的是个副司祭，
烧死人的本领的确天下无双，但吊人的工作没做惯：绳子浸
饱了雨水，不大滑溜了，中间又打了结；因此我还有一口
气。两刀划下来，我不禁大叫一声，那外科医生仰面朝天摔
了一跤，以为解剖到一个魔鬼了，吓得掉过身子就逃，在楼
梯上又栽了一个筋斗。他的女人听见叫喊，从隔壁房里跑来，
看我身上划着两刀躺在桌上，比她丈夫吓得更厉害，赶紧逃

走，跌在丈夫身上。等到他们惊魂略定，那女的对外科医生说，'朋友，怎么你心血来潮，会解剖一个邪教徒的？你不知道这些人老有魔鬼附身吗？让我马上去找个教士来念咒退邪。'一听这话，我急坏了，迸着最后一些气力叫救命。终于那葡萄牙理发匠①大着胆子，把我伤口缝起来，连他的女人也来照顾我了；半个月以后我下了床。理发匠帮我谋了一个差事，荐给一个玛德会修士做跟班，随他上佛尼市；但那主人付不出工钱，我就去侍候一个佛尼市商人，跟他到君士坦丁堡。

"有一天我一时高兴，走进一座清真寺。寺中只有一个老法师，还有一个年轻貌美的信女在那里念念有词。她袒着胸部，两个乳头之间缀着一个美丽的花球，其中有郁金香，有蔷薇，有白头苗，有土大黄，有风信子，有莲馨花。她一不留神，把花球掉在地下，我急忙捡起，恭恭敬敬替她放回原处。我放回原处的时间太久了些，恼了老法师；他一知道我是基督徒，就叫出人来，带我去见法官。法官着人把我脚

---

① 自中古时代起，欧洲的外科手术大多操于理发匠之手；法国直至一七四三年，路易十五始下诏将外科医生与理发匠二业完全分离。

底打了一百板子，罚做苦役。我恰好和男爵同时锁在一条船上，一条凳上。同船有四个马赛青年，五个拿波里教士，两个科孚岛上的修士，都说这一类的事每天都有。男爵认为他的案子比我的更冤枉；我呢，我认为替一个女人把花球放回原处，不像跟一个侍从官光着身子在一起那样有失体统。我们为此争辩不已，每天要挨二十鞭子；不料凡事皆有定数，你居然搭着我们的船，把我们赎了出来。"

老实人问他："那末，亲爱的邦葛罗斯，你被吊死，解剖，鞭打，罚做苦工的时候，是不是还认为天下事尽善尽美呢？"邦葛罗斯答道："我的信心始终不变，因为我是哲学家，不便出乎反乎。来布尼兹的话不会错的，先天谐和的学说，跟空间皆是实体和奇妙的物质等等，同样是世界上的至理名言①。"

---

① 先天谐和（一译"预定调和"）为德国哲学家来布尼兹（一六四六～一七一六）解释宇宙之学说；本书中常常提到天下事尽善尽美的话，亦系来布尼兹之说。奇妙的物质为笛卡儿解释万物动力的学说，谓宇宙间到处皆有一种液质推动万物。

第二十九章

老实人怎样和居内贡与老婆子相会

　　老实人，男爵，邦葛罗斯，玛丁和加刚菩，讲着他们的经历，谈着世界上一切偶然的或非偶然的事故，讨论着因果关系，精神痛苦与物质痛苦，自由与命运，在土耳其商船上如何自慰等等，终于到了普罗篷提特海边上，德朗西末尼亚王的屋子前面。一眼望去，先就看到居内贡和老婆子在绳上晾饭巾。

　　男爵一见，脸就白了。多情的老实人，看到他美丽的居内贡皮肤变成棕色，眼中全是血筋，乳房干瘪了，满脸皱纹，通红的手臂长满着鱼鳞般的硬皮，不由得毛发悚然，倒退了几步；然后为了礼貌关系，只得走近去。居内贡把老实人和她的哥哥拥抱了；大家也拥抱了老婆子。老实人把她们俩都赎了出来。

附近有一块分种田；老婆子劝老实人暂且拿下，等日后大家时来运转，再作计较。居内贡不知道自己变丑了，也没有一个人向她道破：她和老实人提到当年的婚约，口气那么坚决，忠厚的老实人竟不敢拒绝。他便通知男爵，说要和他的妹子结婚了。男爵道："像她那样的下流，像你那样的狂妄，我万万不能容忍；我决不为这桩玷辱门楣的事分担责任：我妹妹的儿女将来永远不能写上德国的贵族谱。告诉你，我的妹子只能嫁给一个德国的男爵。"居内贡倒在他脚下，哭着哀求；他执意不允。老实人对他说："你疯了；我把你救出苦役，付了你的身价，付了你妹妹的身价；她在这儿替人洗碗，变得这么丑，我好心娶她为妻，你倒胆敢拒绝；逼我性子，恨不得把你再杀一次才好！"男爵道："再杀就再杀；要我活着答应你娶我的妹子，可是休想。"

第三十章

结局

　　老实人其实绝无意思和居内贡结婚。但男爵的蛮横恼了他，令他觉得非结婚不可了。何况居内贡逼得那么紧，他也不便反悔。他跟邦葛罗斯，玛丁和忠心的加刚菩商量。邦葛罗斯写了一篇出色的论文，证明男爵绝无权力干涉妹子的事，她依照德国所有的法律，尽可嫁给老实人。玛丁主张把男爵扔在海里；加刚菩主张送还给小亚细亚船主，仍旧教他做苦工，有了便船，再送回罗马，交给他的总会会长。大家觉得这主意挺好，老婆子也赞成，便瞒着妹子，花了些钱把这件事办妥了：教一个耶稣会士吃些苦，把一个骄傲的德国男爵惩罚一下，谁都觉得高兴。

经过了这许多患难，老实人和情人结了婚，跟哲学家邦葛罗斯，哲学家玛丁，机灵的加刚菩和老婆子住在一起，又从古印加人那儿带了那么多钻石回来，据我们想象，老实人应当过着世界上最愉快的生活了。但他被犹太人一再拐骗，除掉那块分种田以外已经一无所有：他的女人一天丑似一天，变得性情暴戾，谁都见了头痛；老婆子本来是残废的人，那时比居内贡脾气更坏。加刚菩种着园地，挑菜上君士坦丁堡去卖，操劳过度，整天怨命。邦葛罗斯因为不能在德国什么大学里一露锋芒，苦闷不堪。玛丁认定一个人到处都是受罪，也就耐着性子。老实人，玛丁，邦葛罗斯，偶尔谈玄说理，讨论讨论道德问题。窗下常常看见一些船只，载着当地的贵族，官员，祭司，充军到来姆诺斯，米底兰纳，埃斯卢姆。又看见一些别的祭司，贵族，官员来接任，然后再受流配。也看到一些包扎得挺好的人头送往大苏丹的宫门。这些景象增加了他们辩论的题材；不辩论的时候，大家就厌烦得要死，甚至有一天老婆子问他们："我要知道，被黑人海盗强奸一百次，割掉半个屁股，被保加利亚人鞭打，在功德大会中挨板子，上吊，被解剖，在苦役船上划桨，受尽我们大家所受的苦难，跟住在这儿一无所事比起来，究竟哪一样更难受？"老实人道："嗯，这倒是个大问题。"

这一席话又引起众人新的感想。玛丁下了断语，说人天生只有两条路：不是在忧急骚动中讨生活，便是在烦闷无聊中挨日子。老实人不同意这话，但提不出别的主张。邦葛罗斯承认自己一生苦不堪言；可是一朝说过了世界上样样十全十美，只能一口咬定，坚持到底，虽则骨子里完全不信。

那时又出了一件事，使玛丁那种泄气的论调多了一个佐证，使老实人更加彷徨，邦葛罗斯更不容易自圆其说。有一天他们看见巴该德和奚罗弗莱修士狼狈不堪，走到他们的分种田上来。两人把三千银洋很快就吃完了，一忽儿分手，一忽儿讲和，一忽儿吵架，坐牢，越狱，奚罗弗莱终于改信了回教。巴该德到处流浪，继续做她的买卖，一个钱也挣不到了。玛丁对老实人道："我早跟你说的，你送的礼不久就会花光，他们的生活倒反更苦。你和加刚菩发过大财，有过几百万银洋，却并没比巴该德和奚罗弗莱更快活。"邦葛罗斯和巴该德说："啊，啊，可怜的孩子，你又到我们这儿来了，大概是天意吧！你知道没有，你害我损失了一个鼻尖，一只眼睛和一只耳朵？如今你也完啦！这世界真是怎么回事啊！"这件新鲜事儿，使众人对穷通祸福越发讨论不完。

附近住着一位大名鼎鼎的回教修士，被公认为土耳其最有智慧的哲学家；他们去向他请教，由邦葛罗斯代表发言，说道："师傅，请你告诉我们，世界上为什么要生出人这样一种古怪的动物？"

修道士回答："你问这个干什么？你管它做什么？"老实人道："可是，大法师，地球上满目疮痍，到处都是灾祸啊。"修道士说："福也罢，祸也罢，有什么关系？咱们的苏丹打发一条船到埃及去，可曾关心船上的耗子舒服不舒服？"邦葛罗斯问："那末应当怎么办呢？"修道士说："闭上你的嘴。"邦葛罗斯道："我希望和你谈谈因果，谈谈十全十美的世界，罪恶的根源，灵魂的性质，先天的谐和。"修道士听了这话，把门劈面关上了。

谈话之间，听到一个消息，说君士坦丁堡绞死了两个枢密大臣，一个大司祭；他们不少朋友都受了木柱洞腹的极

194

刑。几小时以内，这桩可怕的事沸沸扬扬，传遍各地。邦葛罗斯，老实人，玛丁，回去的路上遇到一个和善的老人，在门外橘树荫下乘凉。邦葛罗斯好奇不亚于好辩，向老人打听那绞死的大司祭叫甚名字，老人回答："我素来不知道大司祭等等姓甚名谁。你说的那件事，我根本不晓得。我认为顾问公家事情的人，有时会死于非命，这也是他们活该。我从来不打听君士坦丁堡的事；我不过把园子里种出来的果子送去卖。"他说着把这几个外乡人让进屋子：两个儿子和两个女儿端出好几种自制的果子露敬客，还有糖渍的佛手，橘子，柠檬，菠萝，花生，纯粹的莫加咖啡，不羼一点儿巴太维亚和中美洲群岛的坏咖啡的。回教徒的两个女儿又替老实人，邦葛罗斯，玛丁，胡子上喷了香水。

老实人问土耳其人："想必你有一大块良田美产了？"土耳其人回答："我只有二十阿尔邦地①；我亲自和孩子们耕种；工作可以使我们免除三大害处：烦闷，纵欲，饥寒。"

老实人回到自己田庄上，把土耳其人的话深思了一番，

①　一阿尔邦等于五十亩，每亩等于一百平方尺。

对邦葛罗斯和玛丁说道："那个慈祥的老头儿安排的生活，我觉得比和我们同席的六位国王好多了。"邦葛罗斯道："根据所有哲学家的说法，荣华富贵，权势地位，都是非常危险的；摩阿布的王埃格隆被阿奥特所杀；阿布萨隆被吊着头发缢死，身上还戳了三枪；泽罗菩阿姆的儿子内达布王，死于巴萨之手；伊拉王死于萨勃利之手；奥谷齐阿斯死于奚于；阿太里亚死于约伊阿达；约金，奚谷尼阿斯，赛台西阿斯诸王，都沦为奴隶①。至于克雷絮斯，阿斯蒂阿琪，大流士，西拉叩斯的特尼，彼拉斯，班尔赛，汉尼拔，朱革塔，阿利俄维斯塔，恺撒，庞培，尼罗，奥东，维德卢维阿斯，多密喜安②，英王理查二世，爱德华二世，亨利四世，理查三世，玛丽·斯丢阿德，查理一世，法国的三个亨利，罗马日耳曼皇帝亨利四世，他们怎样的结局，你是都知道的。你知道……"老实人说："是的，我还知道应当种我们的园地。"邦葛罗斯道："你说得很对：上帝把人放进伊甸园是叫他当工人，要他工作的；足见人天生不是能清闲度日的。"玛丁道："少

---

① 以上均系古希伯来族的王，见《圣经》。
② 以上均为自利提亚起至罗马帝国为止的国王、将军及皇帝。

废话，咱们工作罢；唯有工作，日子才好过。"

那小团体里的人一致赞成这个好主意，便各人拿出本领来。小小的土地出产很多。居内贡固然奇丑无比，但变了一个做糕饼的能手；巴该德管绣作；老婆子管内衣被褥。连奚罗弗莱也没有闲着，他变了一个很能干的木匠，做人也规矩了。有时邦葛罗斯对老实人说："在这个十全十美的世界上，所有的事情都是互相关联的；你要不是为了爱居内贡小姐，被人踢着屁股从美丽的宫堡中赶出来，要不是受到异教裁判所的刑罚，要不是徒步跋涉美洲，要不是狠狠的刺了男爵一剑，要不是把美好的黄金国的绵羊一齐丢掉，你就不能在这儿吃花生和糖渍佛手。"老实人道："说得很妙；可是种咱们的园地要紧。"

审校说明

　　我国著名翻译家傅雷先生于20世纪中期翻译了大量法语作品，其中包括巴尔扎克、伏尔泰等名家著作，为一代又一代的读者留下了宝贵的文学文艺译作。鉴于傅雷先生作品的创作年代较早，编者在编选"插图珍藏版名著"系列时，对译本的用词、译法做了最大限度的保留，仅根据现行国家通用语言文字的规范和标准，酌情进行了修订。比如标点符号方面，仅对不适合用冒号、逗号或分号的地方进行了修改。而文字方面，比如将表示相似之意的"象"统改为"像"。对于其他不影响文本理解的非规范文字使用情况，则采取了较为宽松的处理方式，以免破坏傅雷个人的文本特色。由于编者学识有限，难免存在诸多不足之处，望读者朋友们多多理解和支持。

编者